Amelie Riedell

Die Macht der Liebe

Amelie Riedell

DIE MACHT DER LIEBE

EINE SAMMLUNG VON KURZGESCHICHTEN

ISBN 9-783755-772828

Liebe Leser,

die vorliegende Sammlung von Kurzgeschichten entstand während eines Fernstudiums in Belletristik zwischen 2006 und 2008, das erste und das letzte Stück dieser Sammlung stammen aus meiner musikalischen Aktivität bis 2006. Damals hatte ich den undankbaren Alltag einer 6-fachen Mutter und Ehefrau. Undankbar deshalb, weil die ersten Kinder inzwischen voll pubertär agierten, alle Kinder sich in Schule oder Ausbildung befanden, die idealistischen Vorstellungen von meinem Mann und mir sich in immer weitere Fernen verflüchtigten und unsere Baustellen auf dem Resthof und in unserer Beziehung immer mehr zunahmen. Meine Gefühlswelt wollte sich zunehmend in Wort, Bild und Ton ausdrücken – vielleicht war es auch einfach ein Burnout, welches ich kreativ aufzulösen versuchte.

Ich habe schon in meiner Jugendzeit geschrieben und nun, mit 39 Jahren, kehrte diese Veranlagung wieder zu mir zurück. Meine Vernunft sagte: „keine Zeit für so etwas" und siegte schließlich, als ich mich 2008 gezwungen fühlte, Geld verdienen zu müssen. So blieb die Belletristik liegen und nun, 14 Jahre später, sind Kinder und Mann längst „aus dem Haus", ich wohne in einem kleinen Bauwagen und habe meine innere Freude am Schreiben wiedergefunden.

Die Kurzgeschichten gehören unterschiedlichen Genres an, doch lasse ich immer gerne Weisheiten, Philosophien, Phänomene und eigene Erkenntnisse mit einfließen.
Nun ist es an der Zeit, dass wir uns auch in der Kunst, besonders der Schreib-Kunst im Herzen verbinden, um die neue Zeit zu begrüßen, die uns Menschen den inneren und äußeren Frieden bringen wird, wenn wir bereit sind, ihn zu empfangen.

Nach meinem ersten Buch „Natürliche Geburt - die Befreiung der Göttin" veröffentliche ich hier meine Kurzgeschichten zum Thema „Die Macht der Liebe".
Das nächste Buch, welches ich schreibe, wird ein Fantasy-Roman, zu dem „Der Glücksdrache" aus diesem Buch die Einleitung darstellt.

Viel Spaß, Anregungen und Entspannung beim Lesen!

NAMASTE

Amelie Riedell

im Winter 2022

INHALT

DER SCHMETTERLING

Es war einmal ein Schmetterling, der war zu schwer zum Fliegen.
Seine Sorgen drückten ihn zu Boden, machten seine Flügel schwer.
In seinem Kopf gingen 1000 Fragen umher:
Warum ist das Wetter so schlecht? Warum sterben so viele Schmetterlinge? Warum finde ich so wenig Blüten und die anderen so viel mehr?

Warum ist die Welt so schlecht zu mir?
Warum nehmen s die anderen so leicht und ich so schwer?
Ich kann nicht mehr!
Warum muss ich denn überhaupt in so einer schrecklichen Welt leben?
Ja, der Schmetterling bekam Angst vor dem Leben bei diesem Gedanken, war immer weniger in der Lage, seinen Bedürfnissen Aufmerksamkeit zu schenken und wurde immer depressiver.

Eines Tages erblickte er in sich eine Öffnung - eine Tür. Dahinter war – Licht. Dieses Licht sprach zu ihm:
„Du kannst nur durch die Tür, wenn Du den schweren Rucksack auf Deinem Rücken voller Sorgen, Probleme, Fragen, die Dich blockieren, dort lässt, wo Du gerade bist.
Dann wirst auch Du wieder mit Leichtigkeit fliegen können.
Es wird Dich nicht mehr ärgern, wenn die anderen Schmetterlinge umher flattern, statt sich um Probleme zu kümmern, die sie gar nicht haben. Im Gegenteil, Du kannst wieder in Frieden und Freude mit ihnen leben."
Der Schmetterling hatte aufmerksam zugehört. Es war also noch nicht zu spät, er hatte noch eine Chance. Er versuchte

durch die Tür zu gehen, doch der Rucksack war noch da, er klebte an ihm. Er war schwer- sehr schwer!

Nach vielen erfolglosen Versuchen war er so am Ende seiner Kräfte, dass er gar nicht mehr in der Lage war, sein Tun zu kontrollieren, zu definieren oder gar zu rechtfertigen.

Er gab sich auf und tat, was sein innigster Wunsch war: er trat durch die Tür, die sich in seinem Herzen öffnete – direkt ins Licht, in die bedingungslose Liebe. Er gelangte in das grenzenlose Reich des inneren Friedens.

Er breitete seine bunten Flügel aus, sie fühlten sich zauberhaft leicht an. Zaghaft hob er sie auf und ab und schwang sich in den Zustand des Fliegens. Wie lange hatte er sich danach gesehnt, wie oft hatte er schon geglaubt, nie wieder diese Leichtigkeit spüren zu können…

Und der Rucksack?

Die vielen „Warum's" und „Ja, aber's" und „man muss doch", „Mann könnte doch", die vielen „Nein's" und die vielen Sorgen und Probleme hatte er ja draußen gelassen, als er im Ausnahmezustand in sein eigenes Herz gelangt war. Sie wollten auch gar nicht mit, da sie befürchteten, vom Licht verbrannt zu werden. Dieses Licht stellte sich dem Gepäck als Bedrohung dar, es war zu hell und zu heiß...

„War das überhaupt erlaubt? Darf man dort als wichtiges Problem überhaupt hin? In die Freiheit des Herzens?" Schon tauchten neue Probleme und Fragen auf: „Ist soviel Licht, so unendlicher Raum, so unendliches Glücksgefühl nicht gefährlich? Wo bleibt denn der Rahmen, die Kontrolle, die Vernunft, die Vorsicht, die Sicherheit - wo bleibt die Angst?! Was wird denn aus dieser Welt, wer soll sich nun um die vielen Fragen und Probleme kümmern? Wenn nun jeder einfach davonfliegt, ohne Erlaubnis – wer kümmert sich dann um uns?"

Das Gepäck wand sich hilflos am Boden dieser Welt...und wurde nicht gehört. Der Schmetterling war frei und ihm folgten alle anderen Schmetterlinge und Raupen und Libellen und eingesperrten Vögel, und alle Wesen dieser Welt warfen ihr Gepäck dazu und öffneten ihr Herz.

So begann ein neues Leben in einer größeren, freien und friedlichen Welt!

SONNTAGMORGEN

„Guten Morgen, Schatz! Oh, schon elf...ich habe aber lange geschlafen!"

Der Geruch frischen Kaffees stieg Lindsay Wright verführerisch in die Nase, als er auf die Terrasse humpelte. Dort erwartete ihn ein schön gedeckter Frühstückstisch. Die Januarsonne brannte vom wolkenlosen Himmel. Seine Frau Rose klappte den Sonnenschirm auf und gab ihm einen sanften Kuss. „Kein Wunder, dass Du so spät aufgewacht bist, nach dem Tag gestern – und nach der Nacht!" Sie lächelte in sich hinein und strich ihm sanft durch das immer noch volle, schwarze Haar.

„Ich glaube, Du hast mir meinen Fehltritt mit dem Psychologen verziehen?"

Er blickte ihr direkt in die grünen Katzenaugen:" Als ich gestern ganz allein und hilflos da draußen im Ozean schwamm und fast ertrunken wäre, da wusste ich plötzlich, wie stark unsere Liebe ist, trotz Deiner saublöden Affäre. Ich weiß, ich hätte mich mehr um Dich kümmern müssen, nach Deinem Unfall. Aber ich fühlte mich so hilflos, so ohnmächtig. Du hast gedacht, ich laufe vor meiner Verantwortung als Vater und Ehemann weg, aber es war wohl eher so, dass mir die Arbeit als Tierarzt den nötigen Halt in den letzten drei Jahren gegeben hat. Wäre meine Mutter nicht gewesen...Du, nächstes Mal würde ich es anders machen. Ich muss auch mehr mit den Kindern unternehmen, ich dachte vor zwei Tagen, ich hätte Euch verloren. Dabei liebe ich Euch doch sehr… Ihr seid das Wichtigste in meinem Leben, besonders Du." Er schlürfte schnell seinen Kaffee und begann nachdenklich, ein Brötchen zu schmieren. Soviel Sentimentalität hatte er noch nie zulassen können.

„Lindsay, ist gut. Wir haben nun, denke ich, eine Woche vor uns, in der wir viel Zeit miteinander verbringen können. Lisa kann sogar noch länger bei Deinen Eltern bleiben. Sie interessiert sich plötzlich für die Schafherden. Und George kommt wirklich ohne Dich zurecht?"

„Er hat mich ja dazu ermuntert, eine Pause einzulegen", schmatzte Lindsay mit vollem Mund, „Ich war so fix und fertig mit allem - außerdem möchte ich austesten, ob er die Praxis alleine führen kann. Jetzt in den Sommerferien ist ja ohnehin nicht viel los. - Hast Du meinen Eltern von unserer Ehekrise erzählt?"

Rose blickte in seine braunen Bernhardineraugen: „Nachdem Du gestern, ohne Dich zu verabschieden, zum Hafen gefahren bist, wusste ich nicht, wie es mit uns weitergehen soll. Die beiden Großen haben mir das Leben zur Hölle gemacht; ich war froh, als ich sie endlich beim Sommercamp abliefern konnte. Ungefähr um halb drei habe ich bei Deinen Eltern im Garten gerade Kaffee getrunken, als ich plötzlich wieder diese Angstzustände bekam. Ich habe fast die Tasse fallengelassen. Ich habe gespürt, dass Dir in dem Moment etwas passiert sein muss. Und - Du weißt ja, wie penetrant deine Mutter im Ausfragen ist. Ich war völlig durcheinander...Aber was sagtest Du da eben? George soll Deine Praxis übernehmen? Warum? Was hast Du vor? Und was ist gestern eigentlich genau passiert? Ich weiß immer noch nicht mehr als das, was Du gestern Abend der Reporterin erzählt hast. Du hast Dich also mit einem Buckelwal unterhalten, der das Boot zum Kentern gebracht hast und möchtest in die Walforschung einsteigen. Du sagtest vor laufender Kamera etwas von einem wissenschaftlichem Phänomen! Du weißt hoffentlich, dass Du in Wellington und Umgebung der angesehenste und erfolgreichste Tierarzt bist und dass Dein Interview heute Abend in ganz Neuseeland ausgestrahlt wird und morgen dann weltweit."

Sie starrte ihn fassungslos an. Der Drei-Tage-Bart stand ihrem Mann gut, fand sie, und betonte zu den zahlreichen Lachfalten im braungebrannten Gesicht den Ausdruck des Abenteurers in ihm.

„Oh, Schatz..." Lindsay schmierte schnell ein drittes Brötchen und goss Kaffee nach. Ihre schlanken, gepflegten Hände griffen nach seinen Raubtierpranken, an denen einige Nägel abgebrochen waren. Ihr Mund war immer noch geöffnet und ließ ihre weißen Zähne hervor strahlen. Er grinste: „Du schaust mich gerade an - wie ein Pudel, der Männchen gemacht hat und auf seine Belohnung wartet." Er versuchte, ihr ein Stückchen Käse in den Mund zu werfen, welches jedoch zwischen Leos Vorderpfoten landete.

Rose lachte: „Ich weiß, Du bist Tierarzt geworden, weil Tiere keine Fragen stellen. Aber erzähl doch bitte endlich mal von Deinem Gespräch mit dem Wal!" Lindsay begann: „Also, äh, ich glaube, später ist auch noch Zeit." „Bitte!" „Zuerst einen Kuss." Rose schenkte ihm einen zärtlichen Kuss.

„Ja, gut, da versank also gestern neben mir langsam unser schönes Boot, mit all meinen Sachen, dem Handy, der

Brieftasche, der Hochsee - Angel, mein Lieblingspullover usw. Plötzlich ist da vor mir dieser riesige Buckelwal aufgetaucht. Ein junger Bulle...Ich habe erst einmal realisiert, dass ich ganz allein mit diesem Riesenvieh mitten auf dem Ozean war. Ich muss abgetrieben worden sein, als ich ein Nickerchen gemacht hatte. Eigentlich wollte ich in der Cookstrasse bleiben. Weißt Du, wie ich geweckt worden bin? Ich bin quer durch die Kajüte geflogen, daher auch die Prellung am Knie. Ich habe ein Knirschen und Krachen gehört und nur gedacht: Raus hier! Als ich an Deck war, bin ich auch schon ins Wasser gerutscht, weil das Boot auf der Seite lag. Das ging alles so schnell! War schon beängstigend, als es dann weg war und nichts als Wasser um mich herum... Möchte ich niemandem wünschen! Als mich dann dieses riesige Walauge so voller Mitgefühl und Liebe angeschaut hat, bin ich immer ruhiger geworden. Mir war, als ob dieses Tier etwas aussendete. Ich habe plötzlich gewusst, dass ich ihm vertrauen kann, dass er mich retten würde und dass es ihm leid tat. Er hatte gespielt und dabei versehentlich mein Boot versenkt. Dann habe ich in meinem Kopf „Es tut mir leid" gehört. Gut, ich stand unter Schock und war bis dahin vielleicht nicht ganz wach- aber er hat mit mir gesprochen, ich habe es ja deutlich gehört oder gefühlt oder gedacht, keine Ahnung. Dieses Gefühl kenne ich ja, wenn mir eine tierische Persönlichkeit etwas sagen will. Es ist wie 3D-Sehen. So ähnlich jedenfalls."

„Na gut, aber damit beschäftigt sich doch nicht die Wissenschaft. Tierkommunikation kannst Du für Dich erforschen.", warf Rose ein. „Beruhige Dich, Schatz, hör zu: ich habe dann einen Versuch unternommen und zu dem Wal gesagt, dass ich es sehr traurig finde, dass so oft Wale stranden und ich gerne helfen möchte, wenn möglich. Ich habe erklärt, dass wir Menschen nur vermuten können, woran es liegt. Weißt Du, was der mir geantwortet hat? Das waren garantiert nicht meine eigenen Gedanken. Also, ich habe deutlich die Worte in meinem Kopf gehört: „Wir Wale müssen mit Euch Menschen über die Zukunft des Planeten reden. Daher orientieren wir uns an den Radaren. Wir wissen, wo Radare stehen, gibt es Menschen. Es ist leichter für uns, Euch auf den Wellenlängen ausfindig zu machen, die ohnehin unserer Sprache ähneln. Aber meist sind es alte Wale, die den ganzen Planeten kennen und sich zum Sterben lieber an einen Strand legen, wo sie den Menschen ihre Botschaften überbringen können. Sie sterben lieber in der Geborgenheit und Liebe der Menschen, als im Ozean zu Haifutter zu werden." Ich war völlig platt, er hat mir dann noch mehr erzählt. Vieles rauscht ja auch so durch, viel schneller als gesprochene Worte. Er übermittelte mir auch, wie wichtig es für uns Menschen und dem Planeten ist, uns von der Politik, der Medien, dem ganzen Gesellschaftsdenken und dem Konsum zu lösen und neue Wege zu gehen, gemeinschaftlich, nicht als Einzelkämpfer. Wir Menschen dürfen unseren Eingebungen, unserem Gefühl, unserer Intuition vertrauen, Tiere machen ja nichts anderes. Doch wir können unser Denken und Handeln dementsprechend ändern. Das geschieht nur in der Ruhe und einem positiven, entspannten Umfeld. Er bestätigte mich damit hinsichtlich meiner, unserer Kursänderung.

Wir Menschen könnten auch wie die Wale über weite Entfernungen kommunizieren, wir haben es nur verlernt, die Menschheit hat so vieles verlernt, weil sie vor langer Zeit das Vertrauen verloren hat. Inzwischen waren einige Holzteile aufgetaucht und ich konnte mich festhalten. Als am Horizont ein Schiff zu sehen war, sagte der Wal: „Ich hole Hilfe" und tauchte ab. Es war die Antarctica 2, Kurs auf Wellington. Irgendwie hat der Wal dann die Besatzung auf mich aufmerksam gemacht und ich wurde gerettet. Der Wal begleitete uns dann noch, ich konnte aber nicht länger mit ihm kommunizieren, da ich ja nun unter Menschen war. Der eine der beiden Meeresbiologen, Dr. Scott, kannte mich bereits aus der Zeitung. Er wohnt auch in Wellington und beobachtet zur Zeit die Wanderungen der Wale im antarktischen Meer. Wir sind sofort beim Tee ins Gespräch gekommen, von ihm sind auch die warmen Sachen, die ich gestern Abend trug. Also einen Grund mehr, ihn zu besuchen; den Wollpullover braucht er sicher noch. Auf dem Forschungsschiff gab es auch mal einen alten Tierarzt, der aber nicht mehr mitfahren möchte. Ich werde mich als sein Nachfolger bewerben. Daher kann das auch ruhig die ganze Welt wissen, interessiert garantiert jeden!" Lindsay lehnte sich zurück und schloss die Augen. „Ich muss das erst mal alles sacken lassen."

Rose räumte die Sachen für den Kühlschrank zusammen. „Was hast Du vor? Was meintest Du vorhin, als Du sagtest, George kann die Praxis alleine führen? Was ist mit uns? Du wolltest mehr Zeit mit den Kindern verbringen! Und ist das nicht alles ein finanzielles Risiko?"

Lindsay hob abwehrend die Hände. Dann schenkte er seiner Frau sein charmantestes Lächeln, als er erklärte: „Aber die Praxis war doch auch ein Risiko. Und solltest Du diesmal wieder einen Unfall haben oder eines der Kinder, kann ich immer noch zurück. Mein Vertrag gilt immer nur für ein Jahr, also maximal zwei Expeditionen. Ich bin dann jeweils sechs bis acht Wochen unterwegs. Die Auswertung mache ich zuhause am PC, die Konversation mit den Wissenschaftlern kann ich größtenteils online oder am Telefon erledigen. Ich werde also viel mehr zuhause sein als bisher. Aber das wird eh alles erst in einem Jahr spruchreif... Schatz, guck nicht so!.. Ich bin überrascht, wie alles zusammenpasst. Die Kommunikation mit Tieren hat mich schon immer fasziniert. Unsere Ehe ist fast vor die Hunde gegangen, weil ich soviel gearbeitet habe, daher musste ich mit dem Boot raus, das Boot liegt jetzt auf dem Meeresboden und mich rettet ein Wal, von dem ich das lerne, was mir noch fehlt, um mich wissenschaftlich zu engagieren. Dann ist mein Rettungsschiff ausgerechnet die Antarctica2 mit Dr. Scott, der zufällig gerade einen motivierten Tierarzt wie mich sucht. Du arbeitest wieder als freie Journalistin, die Kinder sind bald alle drei auf der Ganztagsschule – und ich kann mir die Arbeit zu Hause einteilen und werde zudem noch gut bezahlt. Die Praxis gehört noch mir und ich werde wohl noch zwei Kräfte einstellen müssen. Ich weiß, dass dies mein Weg, unser Weg ist." Er küsste Rose leidenschaftlich, fast hätte sie das Tablett fallengelassen.

Ihre Worte klangen liebevoll: „Liebling, lass uns doch übermorgen oder so, wenn wir den ganzen Akt mit der Versicherung und deinen Papieren hinter uns haben, ein paar Tage wegfahren. Wir könnten in Ruhe über alles reden, schwimmen gehen, in die Berge fahren, ausschlafen...Mein Onkel in Hokitika hat mich letzte Woche angerufen. Er ist sehr allein, seit seine Frau gestorben ist. Wir könnten ihn besuchen."

„Hört sich gut an. Ist das der Onkel, der zu den Maoris einen guten Draht hat? Die können mir bestimmt einige Fragen beantworten zum Thema Tierkommunikation und Rettung von Mutter Erde. Dann werde ich meine Trommel mitnehmen! Ich geh jetzt aufs Klo! Bis später!"

Das Telefon klingelte. Auf dem Display erschien die Nummer der Tierarztpraxis, heute war sonntäglicher Notdienst...

PICKNICK MIT KURT

Als Sylvia am Samstagvormittag, mit dem Picknickkorb in der Hand, aus ihrem Auto ausstieg, wurde sie schon ungeduldig erwartet. Kurt eilte verliebt lächelnd auf sie zu. Sie umarmten sich. Doch sein leidenschaftlicher Kuss traf sie wie ein Stromschlag! Nein - nicht jetzt! Sie konnte den Kuss nicht erwidern. „Ich weiß nicht, was mit mir los ist. Ich habe mich doch so auf dieses lange Wochenende mit Dir gefreut! Bis Dienstag Abend, nur wir beide! Janine ist gut untergebracht und Horst... naja, der ist zum Motorradtreffen, weil ja Dienstag der 1. Mai ist. Er wird nicht einmal merken, dass ich nicht zu Hause bin. Du, Kurt – ich fühle mich total schlecht, irgendwie schuldig..."

Ihr kamen die Tränen. Kurt reichte ihr ein Taschentuch und zündete sich eine Zigarette an.

Um sie beide tanzte der Frühling im Weserbergland. Doch Sylvia hörte nicht die Spechte hämmern, sah nicht die Maiglöckchen und achtete nicht auf die ersten Kuckuck-Rufe des Jahres. Sie bemerkte auch nicht, dass Kurt sie lächelnd betrachtete. Verlegen nahm sie seine Hand und betrat mit ihm den Buchenwald. Hätte sie bloß nicht diesen blöden Auffahrunfall mit Kurt gehabt! Da der Schaden gering war, hatte Sylvia auf Polizei und Versicherung verzichtet. Stattdessen war sie Kurts Einladung zum Essen gefolgt. Schließlich kannte sie ihn schon eine Weile und sie hatten immer heitere, interessante Gespräche geführt. Sie hatte geglaubt, es würde dabei bleiben…

An jenem Abend vor einer Woche fühlte Sylvia sich mal wieder so völlig ausgebrannt, auch ein Migräneanfall hatte ihr am Vormittag noch zu schaffen gemacht. Sie wurde an jenem Abend von Kurt mit einem Candle-Light- Dinner überrascht! Ihre Kopfschmerzen schwanden und sie konnte mit ihm ausgelassen lachen, die vergangene Woche voller anstrengender Verpflichtungen, Gespräche und wenig Schlaf löste sich in Nichts auf. Die unkomplizierten humorvollen Gespräche, das sanfte Kerzenlicht, das entspannte Essen ließen sie wieder der Mensch werden, der Sylvia einmal gewesen war. Später tranken sie in Kurts Wohnung Irisch-Coffee und hörten Indische Musik, die er ihr gerne vorspielen wollte. Sie fühlte sich so gut in seiner Nähe. Aber niemals hätte sie gedacht, dass sie sich in Kurt verlieben könnte, schließlich war sie doch verheiratet und mit Kurt verstand sie sich doch viel zu gut, um mit ihm in die erotische Welt eintauchen zu können. Doch seine Umarmungen, seine Küsse, seine innigen Berührungen auf ihrem Körper- sie löschten alle Vorbehalte, Konditionierungen und Definitionen in ihrem Kopf. Wie eine vertrocknete Pflanze nahm sie seine Liebe in sich auf, bis sie wieder zu blühen begann. Es fühlte sich an, als wären ihre beiden Seelen schon immer eins gewesen, als hätten ihre Herzen schon immer im gleichen Takt geschlagen.

Früher waren sie sich oft mit den Kinderwagen im Park begegnet. Seine Tochter war im gleichen Alter wie Janine, sein Sohn war zwei Jahre älter. Später sahen sie sich manchmal auf dem Spielplatz und ein halbes Jahr lang besuchten die Mädchen den gleichen Kindergarten. Doch bevor diese sich am Nachmittag zum Spielen verabreden konnten, war Kurt mit seinen Kindern plötzlich verschwunden. Auch die Kindergartenleitung hatte keine Information erhalten.

Letzten Winter hatten sich Kurt und Sylvia überraschend im Wartezimmer des Kinderarztes wiedergetroffen. Sie hatten sich wie alte Freunde begrüßt und viel zu erzählen: Kurt hatte zuvor nie über seine Eheprobleme gesprochen. Seine Frau Jeanette hatte sich um ihre Karriere, ihr Outfit, ihre Liebhaber gekümmert; er um die Kinder, Haushalt und Garten. Vor drei Jahren hatte sie die Scheidung eingereicht und war nach München gezogen. Er war dann in die nächste Ortschaft umgezogen, da dort überraschend eine Stelle im Landschaftsgartenbau frei wurde. Er hatte nicht viel Zeit zum Überlegen gehabt. Inzwischen hatte er die Firma sogar übernommen, da ein Nachfolger gesucht wurde. Den Kinderarzt hatte er aber noch nicht gewechselt.

Er wirkte sehr abgekämpft und ausgelaugt, als er mit seiner hustenden Tochter auf dem Schoß im Wartezimmer saß. Seine Ex-Frau nahm sich nur noch selten Zeit für die Kinder. Aber das war auch besser so…

Sylvia sah die Lichtung, als sie händchenhaltend den Rand des Buchenwaldes erreichten. Sie hörte einen Kuckuck, die Sonnenstrahlen nahmen etwas von dem inneren Frösteln, welches sie überfallen hatte, nachdem Kurt sie vorhin so liebevoll und offenherzig begrüßt hatte. Sie konnte ihm gegenüber kaum ihre charmante Fassade aufrechterhalten, doch spürte sie auch, dass sie ihm gegenüber ohnehin keine Maske brauchen würde.

Was hatte sie sich nicht alles einfallen lassen, um ihre Beziehung zu ihrem Ehemann aufrechtzuerhalten! Seit der Geburt von Janine vor acht Jahren war Horst immer eifersüchtiger geworden, immer launischer und ...ja, langweilig. Er hatte sich nur wenig um das gemeinsame Wunschkind kümmern wollen, hatte argwöhnisch ihren Berufseinstieg vor einigen Jahren im neuen Kindergarten betrachtet. Seine überflüssigen Diskussionen und Schuldzuweisungen hatten ihr oft den letzten Nerv geraubt, weshalb auch sie längst nicht mehr so freundlich zu ihm war wie sie es von sich selbst gekannt hatte. Ihr pädagogisches und psychologisches Wissen konnten ihr auch nicht weiterhelfen. Horst arbeitete im Schichtdienst und verbrachte seine Zeit zu Hause überwiegend auf dem Sofa mit Bier und Fernsehen. Mit Reizwäsche, Kino- und Fitnesscenterkarten hatte Sylvia versucht, Abwechslung in seine Gewohnheiten zu bringen. Der Picknickkorb, den Kurt ihr inzwischen längst abgenommen hatte, war ein Vatertagsgeschenk vom vorletzten Jahr. Er wurde noch nie benutzt...Mondscheinsparziergänge und Frühstück im Bett endeten jedes Mal mit Nörgeleien. Sie versuchte meist ihnen aus dem Wege zu gehen, was dann alles schlimmer machte. Schließlich hatte ihr auch das Sexualleben mit ihrem Ehemann nichts mehr bieten können. Sie hatte es so hingenommen und auf bessere Zeiten gehofft. Ihre gemeinsame Leidenschaft hatte immer dem Motorradsport gegolten – doch als Mutter muss man eben Prioritäten setzen. Kurt mochte das Motorradfahren nicht. Er liebte die Natur, die Stille, die Sonne, Heiterkeit und Ehrlichkeit. Er hatte durch das Desaster mit seiner Ex-Frau gelernt.

Sie schaute ihn an. Ihre Blicke trafen sich und in ihrem Herzen ging die Sonne auf.

Von der anderen Seite der Lichtung schauten einige Rehe herüber. Zwei Hasen hoppelten über die buntgeblümte Wiese. Unterm tiefblauen Himmel kreiste ein Falkenpärchen. Über dem Tal schwebten Drachenflieger, so leicht und schwerelos und leise, als wären sie eins mit der Natur, der Luft, dem Himmel, kleine Punkte, die größer und größer wurden, geflügelte Wesen aus einer anderen Welt, einer friedlichen Welt, Besucher, die uns daran erinnern, dass die Wirklichkeit sehr viel größer ist als die kleine starre Welt unserer Alltagsgewohnheiten.

Ein kleiner Bach plätscherte vor Kurt und Sylvia ins Tal. Gleichzeitig liefen beide ans Wasser und entledigten sich ihrer Schuhe und Strümpfe. Das Wasser war eiskalt und bremste in Sylvia augenblicklich den Erinnerungsfluss ihrer Gedankenwelt. „Ich liebe kaltes Wasser", bemerkte sie.

„Fällt Dir nicht auch auf, dass wir sehr viel gemeinsam haben. Erschreckend viel! Ja, wir denken sogar oft dasselbe. Wir brauchen nicht einmal miteinander reden. Seit acht Jahren begegnen wir uns immer wieder, dann bin ich in Dein Auto hinein gefahren - das ist doch alles kein Zufall! Ich glaube, ich habe Dich schon immer geliebt, ich wollte es nur nicht wahrhaben. Sylvia - diese Woche, sie kam mir ewig vor! Obwohl wir jeden Tag telefoniert haben, bin ich vor Sehnsucht fast gestorben. Und Dein Mann? Er hat was gemerkt, stimmt's?"

„Ich weiß nicht, ich konnte es ihm noch nicht sagen. Er ist plötzlich so aufmerksam zu mir. Er hat gesagt, ich hätte Recht, er lässt seine Laune immer nur an mir aus und wir müssen mehr gemeinsam unternehmen. Aber dass ich nicht zum Biker-treffen mitkomme, findet er okay. Er hat mir

Blumen geschenkt, wir sind vor drei Tagen ins Kino gegangen und...naja, er war plötzlich so nett und liebevoll zu mir. Vielleicht, weil ich etwas ausstrahle, was er schon lange an mir vermisst hat, weil ich diese Verliebtheit ausstrahle. Vielleicht lag es die vielen Jahre an mir, dass Horst immer so schlecht gelaunt war? Ich weiß nicht, das ist alles so verwirrend für mich gerade. Jetzt, wo ich mich fast schon entschieden hatte, mich zu trennen, merke ich plötzlich, dass ich ihn doch noch liebe. Und was ist mit Janine? Sie würde am meisten unter einer Trennung leiden. Er hat ja auch seine guten Seiten und er arbeitet schwer und dann hat er ständig das Gefühl, ich erwarte alles mögliche von ihm. Ich bin ja selber ständig gestresst, seit ich wieder berufstätig bin...Kurt, ich weiß nicht mehr weiter...Ich habe mit ihm geschlafen und er war so lieb zu mir und ich habe ihn seit langer Zeit wieder gespürt, wie er wirklich ist...Und das ausgerechnet jetzt! Und obwohl ich ständig an Dich denken muss!" Sylvia wischte einige Tränen weg. „Ich konnte es ihm nicht sagen, oh, ich habe Euch beide nun betrogen! Ich wollte Dir nicht wehtun, aber ich weiß nicht, was ich machen soll - ich weiß im Moment gar nichts mehr. Ich fühle mich so schlecht!"

Sie stand auf und ging einige Schritte zur Mitte der Lichtung, weg von Kurt. Dann blieb sie stehen und schaute auf ihre nackten Füße. Sie fühlten sich kalt aber sehr erfrischt vom Bach an. Ihr kam der Gedanke, dass uns unsere Füße überall hin tragen, wenn wir es zulassen, dass das klare Wasser eines Bergbaches all den trüben Schmutz, den wir uns im Leben oft aufbürden, von den Füßen nehmen kann, damit wir leichten Schrittes unseren ureigenen Weg wiederfinden. Komische Assoziation, dachte Sylvia noch. Sie blickte sich um, Kurt hatte inzwischen seine Decke ausgebreitet, Erdbeeren und

Prosecco daraufgestellt und breitete einladend seine Arme aus.

Sylvia schwebte zu ihm, wie in Trance fiel sie in seine Arme. Er gab ihr einen zärtlichen Kuss, sie spürte das ruhige, warme Pochen seines Herzens, seine warmen Finger spielten zärtlich in ihrer blonden Löwenmähne. Er flüsterte: „Ich weiß, was Du gerade durchmachst, Liebling. Ich lasse Dir alle Zeit der Welt, niemand verlangt von Dir eine Entscheidung. Jetzt sind wir erst mal hier. Und was hat Dich hierher gebracht? Deine schönen Füße, die der Bach von der Last Deiner Gedanken befreit hat." Sylvia entfuhr ein lautes Lachen. „Wir denken schon wieder die gleichen Gedanken!"

„Nun zeig mal, was Du Leckeres in Deinem Picknickkorb dabei hast. Ich habe nämlich Hunger!"

Während Sylvia Lachsbrötchen, Kiwis, Bananen und Schokokekse auspackte, tanzten zwei bunte Schmetterlinge um Kurt und sie herum. Sie flatterten hin und her, spielten miteinander, setzten sich kurz auf eine Schulter, um gleich übermütig weiterzufliegen. Sylvia lächelte. „Danke", flüsterte sie, „Danke für Dein Verständnis."

Plötzlich wusste sie, sie brauchte gar nichts entscheiden; für sie begann nun eine schöne, neue, aufregende, bunte Zeit - sie war gerade dabei, sich dafür zu öffnen.

WAS IST GLÜCK ?

Hier beschreibe ich einen Zustand des Glücks, welcher natürlich nur vorübergehend sein konnte, denn Glück lässt sich nicht festhalten.

Ist Glück gleichzusetzen mit Liebe, Freude, Frieden, Dankbarkeit, Reichtum, Erfolg oder die Weisheit der Natur?

Vielleicht ist es die Mischung von allem? Vielleicht kann man Glück auch gar nicht definieren oder es ist für jeden Menschen etwas ganz Persönliches.

Ich denke bei dem Wort „Glück" an einen ganz bestimmten Zustand. Es erinnert mich an das erste gemeinsame Zuhause mit meinem Ehemann in einem Bauerndorf in Norddeutschland. Das uralte verwahrloste Fachwerkhaus mit dem verwilderten Grundstück und dem Wald ringsherum entsprach unserem Wunsch nach Zurückgezogenheit und der Sehnsucht nach einem einfachen Leben. Dort lebten wir von 1988 bis 1995. Optimistisch und voller Liebe zu alten Baustilen begannen wir mit der Wiederbelebung der sterbenden Kammern, der Wohnküche und der Waschküche.

Der alte Bau bekam ein dichtes Dach sowie ein Wasser- und Abwassersystem. Ein neues schönes Badezimmer mit einem Badeofen und Zedernholzverkleidung wurde geboren. Bald wuselten Hund, Katze und einige Hühner über die Baustelle. Schließlich bahnte sich in dem altersschwachen Gemäuer unsere Tochter ihren Weg in diese Welt. Der Phönix erhob sich aus der Asche, die Kate war zu neuem Leben erwacht. In den folgenden Jahren erblickten drei weitere Kinder das Licht dieses verwunschenen Ortes.

Das Häuschen lag im Mittelpunkt eines von Straßen begrenzten Dreiecks. Von Süden nach Westen verlief eine laute Kreisstraße, im Osten bildete die Dorfstraße die Basis des Dreiecks und im Norden stellte ein geteerter Weg eine Verbindung her. Von dort gelangte man auf den mit Bauschutt befestigten Hof und zum grünen, morschen Dielentor.

Das untere Drittel des Dreiecks, der Osten, war komplett mit einem Eichen-Buchen-Mischwald bewachsen. An heißen Sommertagen hörte man schon von der seitlichen Haustür aus das Brummen und Summen der Gallwespen, Mistfliegen und Käfer. Darüber verwoben sich hunderte von Vogelstimmen zu einem einzigartigen Klangteppich. Hier und dort ragte das Hämmern des Spechtes, das Gepfeife des Pirols oder der Ruf eines Kuckuck hervor. Manchmal strich ein Raubvogel über den Bäumen dahin, in immer enger werdenden Kreisen; dann war Totenstille im Wald. Hasen und Rehe sprinteten manchmal vorbei, oft gefolgt von unserem Terriermischling.

Mitten durch den Wald führte ein Weg, der mit Farn, Gräsern und Wildblumen bewachsen war. Dieser Pfad führte direkt auf unsere Terrasse vor unserer östlichen Haustür. Zum Waldrand wurde diese Terrasse von einem Wall und einigen Büschen begrenzt. Im Süden dieses Vorgartens, neben der Terrasse erhob sich die Ruine eines Schuppens, nach Westen das Hauptgebäude und nach Norden und Osten dehnte sich der Wald aus. So lag die Terrasse relativ windgeschützt, und in der größten Hitze dehnten sich hier, vom Haus her, die Schatten aus. Hier stand eine Hollywoodschaukel, der

Wäscheständer, hier wurde gebastelt, geschraubt, geputzt, gespielt, gekrabbelt und erste Schritte gelaufen. Hier habe ich von Frühjahr bis Herbst meine Babys gestillt und dabei gelesen. Am Waldrand befanden sich die Sandkiste und einige niedrige Kletterbäume. So hatte ich meist die Kinder und auch die Dorfstraße im Blick. Kam Besuch, konnte ich es immer schon rechtzeitig sehen und von der Straße aus sah und hörte man, ob jemand zuhause war.

In diesen Jahren des Glücks kam die warme Jahreszeit noch ohne den vielen Regen wie in diesem Jahrtausend aus. Ich staunte oft über das tiefe Blau des Himmels sowie den satten Grüntönen des Waldes. Von der anderen Straßenseite her lugte hinter jugendlichen Birken im altdeutschen Ziegelstein Rot das riesige Gutshofgebäude der Vermieterin hervor.

Durch den Flur und die Küche gelangte man auf der Westseite des Wohnhauses durch eine zweite Haustür direkt in den sonnendurchfluteten Garten. In dem Balken über der Tür wohnten Hornissen, mit denen wir in gegenseitiger Akzeptanz lebten.

Als natürliche Grenze diente nach Süden hin ein Erlen - und Birkenwald, in dem die Kinder auf blütenbedecktem Boden und in Nebelschwaden Elfenspiele spielten. Nach Westen hin dehnte sich zwischen Johannisbeerbüschen ein dunkles Tannendickicht aus. Hier wohnten eine Hasenfamilie und einige große Spinnen. An der Dreiecksspitze, wo zwei Straßen zusammenstießen, stand eine betagte, erfahrene Thing-eiche, die ihre knorrigen Äste schützend vor das Grundstück hielt. Nach Norden hin wurde das Viereck des Gartens von einer hohen Hecke bunter Büsche und toter Zwetschgenbäume beschützt. Dahinter, also neben der

Hofeinfahrt, befand sich eine kleine Lichtung mit einer riesigen Eiche und einem gewaltigen, unfruchtbaren Kirschbaum. Hier lagerte unser Ofenholz, bevor es klein gesägt und gehackt in der Diele landete. Oft lagerten hier auch diverse Fahrzeuge wie Traktor, Anhänger oder abgemeldete Pkw's. Meist lag hier ein Duftgemisch von Holz und Diesel in der Luft.

Der ehemalige Bauerngarten mit Buchsbaumhecken, Kletterrosen, Buschreihen, Kräutergarten sowie Blumenrabatten, Johannisbeer- und Himbeer-sträuchern, den steinbegrenzten Gartenwegen und dem Bienenhäuschen war voll wilder Schönheit. Es war wohl Jahrzehnte schon kein Zweig geschnitten, kein Wildkraut entfernt worden, und doch blühten die Büsche satt und voll. Der Rittersporn lieferte sich mit den Brennnesseln Wachstumsduelle und der Mohn zeigte im gesamten Garten seine bunte Vielfalt längst ausgestorbener Sorten. Überall ragten Fingerhüte und Nachtkerzen in die Höhe. Wir vervollständigten das Bild mit Teppichen von gelborangenen Ringelblumen und ein paar Rasenflächen zwischen Buchsbaumhecken. Dort haben wir oft, auf einfachen Holzbänken und um eine riesige Baumscheibe sitzend, gefrühstückt, wenn die Sonne von Osten her über das Hausdach in den Garten lugte.

Der Frühling gebar fast täglich neue Farben, der Garten duftete mal süß und schwer, mal erdig-feucht, mal eher leicht und trocken, je nach Wetter. Meist ließ ich Vormittags die Fenster zum Garten geöffnet und die Wohlgerüche zogen bis in die Bettwäsche. Von anderen Gerüchen blieben wir weitgehend verschont. Inmitten der betörend duftenden Jasmin – und Rosenbüschen lag ich gerne in der Hängematte und sah den Kindern im Planschbecken zu oder beobachtete sie bei ihrem Spiel mit kleinen Kätzchen.

Mit Beginn der Mückenzeit surrten und schwirrten Millionen von Insekten über dem Garten wie ein großes Netz. Hektische Bienen und Sandwespen begegneten langsam taumelnden Käfern, tanzende Schmetterlinge trafen auf Mückenschwärme und manchmal verirrten sich einige Libellen aus dem feuchten Zauberelfenwald hierher.

Einen Sommer lang teilten sich abends Hund und Katzenfamilie ihr Futter mit einigen frechen Hühnern und einem Igel. Letzterer wartete schon am Napf, wenn ich mich mit dem Futter mal verspätete. Wenn die Wespen uns den Aufenthalt im Garten etwas schwer machten, konnten wir dafür jede Nacht dem Konzert der Grillen lauschen. Auf dem Nachbarhof quakten die Frösche im Teich und hin und wieder hörten wir ganzjährig das Gekläff der Füchse. Manchmal sang die Nachtigall ihr melancholisches Lied im Goldregenbaum vor unserem Schlafzimmer. Lautlos strichen die Fledermäuse ums Haus herum, wenn wir spätabends auf der Terrasse am Feuer saßen. Oft wurden wir auch von der Schleiereule beobachtet, die unseren Dachboden bewohnte.

Im Herbst bedeckten Milliarden bunte Blätter, Zweige, Eicheln und Bucheckern den Waldboden. Viele ungenießbare und giftige Pilze, teilweise in Hexenringen angeordnet, schossen aus der Erde. Wenn man nun durch den Wald lief, knackte und knirschte, puffte und quietschte es unter den Füssen. Im Winter krächzten schwarze Krähen auf Bäumen, die im Schneegrieseldunkel so trostlos aussahen, als könnten sie nie wieder grün werden.

Doch wenn es richtig schneite, befanden wir uns in einem weiß gepuderten Märchenwald, der bei Sonnenschein orange-rosa glitzerte. Wenn jedoch überall nur noch graue, steife Äste, braune, tote Sonnenblumen und kalte Buchenstämme in die Höhe ragten; ja, dann hielt sich die ganze Familie in der warmen, bunten Wohnküche auf. Die Kinder spielten hier, das Essen wurde auf der großen Ofenhexe gekocht, darüber trocknete die Wäsche und ein Topf mit Wasser und Kräutern sorgte für freie Nasen. In dem harten Winter 1993, als unser drittes Kind geboren wurde, fanden auch noch ein Spielzeugregal, der Fernseher und ein kleines Sofa Platz in der Küche.

Da kein Zustand ewig anhalten kann, weil mit dem vierten Kind das Häuschen zu klein wurde und weil immer mehr Ärgernisse unser Glück trübten, mussten wir nach sieben Jahren unser Paradies verlassen. Die Seele des Hauses nahmen wir mit, denn unsere einstigen Vermieter rotteten jegliches Leben im Haus und im Garten aus. Anders kann man das Ergebnis der Totalrenovierung des Hauses und des Totalkahlschlags des Gartens nicht nennen. Alles, was wir dort geliebt und gelebt hatten, wurde grausam hingerichtet, doch es lebt in unseren Herzen weiter und kann wachsen und sich an einem neuen Ort, in anderer Gruppenkonstellation (denn meine Familie gibt es inzwischen nicht mehr) wieder manifestieren, für mich, meinen Exmann, meinen Kindern und ihren jetzigen Familien- irgendwo wird sich dieses naturverbundene glückliche Leben in Frieden und Fülle wieder finden.

Vielleicht eines Tages überall auf dieser Welt...

DIE VERGANGENHEIT IST SCHNELLER ALS DU DENKST

Der Tag hatte böse angefangen. Schon am frühen Morgen hatte nichts geklappt. Manchmal wird ein Tag, der schlecht begonnen hat, im Laufe der Stunden noch ganz erträglich. Diesmal aber wurde es immer schlimmer. Der Abend schließlich versprach alles in den Schatten zu stellen.

Markus P. hatte schlecht geschlafen. Seine Frau war wieder einmal auf Geschäftsreise. Er hatte bis weit in die Nacht noch am PC gesessen und an dem Vortrag gefeilt, den er heute halten wollte. Ausgerechnet heute war der Rasierer kaputtgegangen, ausgerechnet heute hatte Jana, seine zehnjährige Tochter, keine Lust auf Schule gehabt und den Bus verpasst. Die Kaffeedose war leer gewesen und es regnete mal wieder aus einer grauen Wolkensuppe…

Vor seinem Haus war ihm dann Janas schwarze Katze über den Weg gelaufen, von links nach rechts. Nein, er war nicht abergläubisch, das konnte er sich nicht leisten.

Heute morgen war der Hamburger Stadtverkehr besonders schwerfällig gewesen und Markus hatte im Stau gesteckt. Daher war Jana das letzte Stück zur Schule zu Fuß gelaufen. Und daher hatte er keine Ahnung von den beiden Männern gehabt, die ungeduldig am Eingang des Schulhofes gewartet hatten.

Kurz vor seinem Büro in der Chefetage seiner Firma hatte ihm wieder mal sein verhasster Kollege aufgelauert. „Na, spät dran, was? Wohl schlecht geschlafen. Deine Frau ist ja auch wieder auf Achse. Wo die sich immer so rumtreibt in letzter Zeit..." Harald Z., in der Firma bekannt als „ Dirty Harry", wurde stillschweigend geduldet. Seine ständigen Mobbingversuche und Intrigen gingen jedem hier auf die Nerven. Dass er sich frech in die Familie des Chefs eingenistet hatte und sogar dessen Tochter, Chantal, Markus Frau, blenden konnte, machte ihn wütend. Doch als frischgebackener Personalchef hatte Markus gewisse Freiheiten, die er bei Harry auch anwenden würde. Dessen Tage in der Firma waren gezählt!

Markus Vortrag hatte nicht überzeugen können, weil er ein wichtiges Dokument zu Hause vergessen hatte. Er hatte Kopfschmerzen bekommen und keine Tabletten mehr. Beim verspäteten Frühstück am PC hatte er sich mit Kaffee bekleckert. Konnte es noch schlimmer werden?

Es konnte und zwar in Gestalt einer Email, die ihn um 14 Uhr erreicht hatte:

„Na, schon vergessen? Du schuldest mir seit 15 Jahren Geld. Viel Geld! Mit Zinsen bekomme ich von Dir 600.000 Euro. HEUTE! ICH HABE DEINE TOCHTER! Du wirst an einen bestimmten Ort kommen zu einer bestimmten Zeit. Ohne Bullen oder sonstiges Gesocks, sonst würde es deiner süßen Kleinen sehr schlecht gehen. Enttäusch mich also nicht, Du wirst noch von uns hören oder lesen. TONI"

Markus wurde schwindelig. Toni!!

Alte Erinnerungen hatten sich beim Lesen der Email in sein Hirn geschraubt, Bilder längst vergangener Zeiten.

Toni war bis vor 15 Jahren Markus Großdealer gewesen, bis zu dem Tag, an dem der Ring überraschend aufgeflogen war. Markus hatte Glück gehabt, der ganzen Szene dann den Rücken gekehrt, seine Karriere ohne Drogen fortgesetzt und mit der Tochter seines Chefs ein neues Leben begonnen. Er hatte ihr nie erzählt, dass er es letztendlich dem Kokain zu verdanken hatte, Mitglied der gehobenen Gesellschaft zu sein.

Den Nachmittag hatte er neben einem längeren Aufenthalt in seiner Bank überwiegend am Telefon verbracht. Aber niemand hatte etwas von Janas Verschwinden bemerkt. In der Schule war sie heute nicht angekommen. Ihr Handy war ausgeschaltet. Seine Frau hatte er noch nicht erreicht. Er hatte alle Termine für heute abgesagt.

Seit der Nachricht über Janas Entführung hatte sich ihm der Tunnelblick bemächtigt, ein Zustand, in dem man keine Energien für Emotionen verschwendet und das Richtige zur rechten Zeit tut. Auf der Fahrt nach Hause hatte wieder eine schwarze Katze seinen Weg gekreuzt…

Zwanzig Zigaretten später, um ca. 18.00 Uhr erschien endlich die unvermeidliche Email.

„Wir feiern eine nette Party. Zufällig wird uns auch Deine Frau Gesellschaft leisten. Und noch jemand, über den Du Dich sicher freuen wirst. Sei pünktlich und komm allein, wenn Dir Deine kleine Familie das wert ist. Wann und wo steht im Link. Toni.“

Markus hatte den Anhang geöffnet. Die Schrift hatte sich nach einigen Sekunden in unlesbare Hieroglyphen verwandelt. Jetzt hatten sie ihm auch noch einen Trojaner geschickt. Aber egal, heute war so vieles nebensächlich. Jana und Chantal waren wichtiger, ihnen durfte nichts geschehen. Um 22 Uhr musste er in der Deichstraße Nr. 7 sein. Die Adresse war ihm gut bekannt von damals …

Nun war also seine Frau doch hineingezogen worden in seine dunkle Vergangenheit! Er hatte ihre Unterschrift fälschen müssen, um das Geld von ihrem Sparkonto zu bekommen. Was hatte sie mit Toni zu schaffen? Warum war sie nicht auf Geschäftsreise? Warum belog sie ihn? Vielleicht war alles nur ein Trick, eine Falle? Nein, bloß nicht grübeln, nicht jetzt!

Markus hörte Tina Turner, um sich einzustimmen. Er nutzte die Zeit zu Hause, so gut er konnte. Er trainierte an seinen Fitnessgeräten, überprüfte seine Kampfsporttechniken, duschte, lud den Akku seines Handys, aß eine Kleinigkeit, und steckte sich Traubenzucker ein. Er fand noch zwei Dosen Turbo-Energiedrink, eine für die Hinfahrt, eine für die Rückfahrt. Er trug nun einen unauffälligen Jogginganzug. Um 21.30 Uhr schwang er sich in seinen Jaguar. Den Geldkoffer platzierte er neben sich. Es dämmerte. Der Regen hatte inzwischen aufgehört, die Wolken ein paar letzte Sonnenstrahlen durchgelassen.

Die schwarze Katze seiner Tochter lag tot auf der Straße. Markus versteckte sie unterm Rhododendron, Jana musste das nicht sehen. Nun konnte nichts mehr schief gehen!

Doch, es konnte! Markus raste zur Filmmusik von „Matrix" über die leergefegte Kreuzung, deren Ampel „rot" zeigte. Er sah nicht auf sein Tacho und bemerkte nicht den Verkehr vor ihm.

„STOP POLIZEI" las er im Rückspiegel. Die Bremsen quietschten, dann krachte es ohrenbetäubend, bevor der Airbag ihn einhüllte und die Sicht auf den Lkw vor ihm versperrte. „Nein, Scheiße!", entfuhr es ihm. Er verlor keine Zeit. Er griff nach seinem Koffer, befreite sich aus seinem Schrotthaufen, boxte den herbeieilenden Polizisten zur Seite und zerrte dessen Kollegin aus dem Streifenwagen. Bevor diese sich beschweren konnte, fuhr er schon mit Blaulicht davon. Ohne Probleme gelangte er so ins Villenviertel. KEINE POLIZEI- hatte Toni geschrieben ...

Markus parkte vor einer In-Disko und schlich unbemerkt zur Deichstraße Nr. 7. Es war nun drei Minuten vor zehn. Na bitte! Der schwarze BMW seines Kollegen „Harry" stand in der offenen Garage. Wohnte der also hier? Und hatte er damals auch schon hier gewohnt? Als Markus noch Drogenkurier war? Er klingelte.

Ein unrasierter, hagerer Typ Mitte Vierzig öffnete. „So sieht man sich wieder. Da geht's lang!" Er schaute unruhig die Straße auf und ab und schob Markus in ein riesiges Wohnzimmer mit reichlich Marmor, Fenstern und einer Wendeltreppe. Neben dem pompösen Kamin befand sich ein Ledersofa. Während die Handschellen klickten, wurde er von einem Zweimetermann dorthin verfrachtet; genau zwischen Jana und Chantal. Seine Tochter befand sich auch in Handschellen und motzte ununterbrochen die Verbrecher an: „He, ihr Hurensöhne, gebt mir gefälligst mein Handy wieder und lasst meine Mutter frei!" Durch ihre Respektlosigkeit fing sie sich zwar Ohrfeigen ein, die sie aber gut wegstecken konnte. Chantal war völlig mit Klebeband verschnürt; ihre Augen angstvoll aufgerissen. Ihr gegenüber kauerte - ein ungewohnter Anblick - „Dirty Harry", ebenso verschnürt wie Chantal. Die verzweifelten Blicke, die die beiden tauschten, sprachen Bände. Nein, wie dumm Markus war. Seine Frau war nicht auf Geschäftsreise gewesen, sie hatte eine Affäre mit diesem, diesem… Toni riss ihn aus seinen Gedanken: „Tja, scheint ein schwarzer Tag für Dich zu sein, Kleiner. Erst verschwindet Deine Göre, dann musst Du Dein Konto plündern und dann zerren wir auch noch Deine Frau aus dem Bett dieses Herren, der..." seine Stimme veränderte sich, „der mich auch mal beschissen hat, vor 15 Jahren, you know?" Harry hatte also damals den Tipp an die Polizei…? „Jetzt zeige ich euch, was ich mit Leuten mache, die mich beschissen haben."

Auf einen Wink schritt der Zweimetermann hinter den Gefesselten, legte eine schallgedämpfte Pistole an dessen rechte Schläfe und drückte ab, als würde er ihm eine Spritze geben.

Einen langen Moment hörte man nichts außer dem Knistern der Tapeten, auf denen das Blut herunterrutschte. Mit einem letzten Röcheln hauchte Harry sein intrigantes Leben aus. Fassungslos starrte Markus auf das Geschehen. Wie aus weiter Ferne drang Janas Geschrei an seine Ohren, seine Frau wand sich panisch in ihrer Verschnürung. Dann starrte sie mit rotgeweinten Augen vor sich hin. Erst jetzt bemerkte er, dass die Verbrecher Handschuhe trugen. Sie nahmen nun den Koffer, zählten die Scheine und eilten zur Haustür. Während der Große den BMW der Leiche startete, verabschiedete sich Toni: „Amüsiert euch noch gut.

Die Haushälterin hat heute übrigens frei Adeus no inferno! (Wir sehen uns in der Hölle wieder!)" Er zog Janas Handy aus der Hosentasche und ließ es beim Weggehen ins Aquarium gleiten.

Es folgten etwa dreißig quälend langsame Minuten, in denen Markus zuerst das Gefühl hatte, den Boden unter den Füßen zu verlieren. Er versank in einem tiefen Schwarz. Inzwischen war es dunkel geworden. Chantal starrte immer noch mit leerem Blick vor sich hin, Jana plapperte schon wieder munter drauflos: „Papa, wenn wir zusammen ganz laut schreien, hört uns vielleicht jemand. Ich will hier nicht warten, bis die Putzfrau morgen kommt. Was wollte Mama hier eigentlich? Warum war die nicht in New York?" Beide würden einen Psychiater brauchen in nächster Zeit. „Ist mein Handy jetzt kaputt?"

Von irgendwoher näherte sich das Tatü-tata eines Streifenwagens. Das Geräusch wurde lauter, der Dienstwagen blieb schließlich vor dem Hause stehen. Die Haustür wurde aufgebrochen, das Licht eingeschaltet, und plötzlich richteten drei Polizisten ihre Waffen auf Markus.

„Sie werden gesucht wegen Fahrerflucht, Entwendung eines Dienstwagens sowie Überschreitung der zulässigen Höchst geschwindigkeit um 90 km/h. Außerdem werden Sie angezeigt wegen Körperverletzung in mehreren Fällen und Auflehnung gegen die Staatsgewalt. Haben Sie mit diesem Mord etwas zu tun? Sie haben das Recht zu..." Markus war nun wieder ganz gelassen: „Wenn Sie meine Handschellen lösen, kann ich meine Hände heben. Und wenn Sie dann Ihre Waffen sinken lassen, kann ich mit meinem Anwalt telefonieren. Alles weitere wird sich dann klären lassen. Hauptsache, meine beiden Mädels hier kommen sicher nach

Hause, sie haben viel durchgemacht, wie Sie sicher sehen können!"

Durch die offene Tür schlich eine schwarze Katze und kam neugierig näher…

DER GLÜCKSDRACHE

Joscha liebte Drachen. Er besaß sie als Stofftiere, er malte sie und einige tummelten sich als Aufkleber auf seinem Schulranzen. Auf seiner Schultüte befand sich ein Drache mit gelben Augen und grünem gezacktem Schwanz.

Als Joscha im letzten Winter an einer Lungenentzündung erkrankt war, hatte seine Mama ihm erzählt, dass er in einem Drachenjahr geboren wurde und dass man diesen Menschen besondere Kräfte nachsagt. Nach einer alten chinesischen Sage brachten die Drachen vor langer, langer Zeit das Leben auf diesen Planeten. Als die Menschen kamen, zogen sie sich ins Innere der Erde zurück.

Joscha wurde schnell wieder gesund. Seitdem stellte er sich gerne vor, ein großer, starker Drache zu sein, wenn ihm etwas nicht gleich gelingen wollte oder er Angst bekam. So hatte er auch neulich das Fahrradfahren gelernt. Heute fuhr er zum ersten Mal alleine zu seinem Freund Jonathan. Es war ein warmer Oktobernachmittag, die hügelige Landschaft um ihn herum war in goldenes Herbstlicht getaucht und in den Büschen glänzten noch einige Spinnennetze. Die Sonne schien ihm warm ins Gesicht. Er schloss die Augen und stellte sich vor, er wäre ein fliegender Glücksdrache, der allen Menschen, die ihn am Himmel sehen, Glück bringt. Er dachte an seine kleine Schwester Marisa, die friedlich im Kinderwagen schlief, als er losgefahren war. Seine Mama hatte ihm aus dem Garten noch hinterhergerufen: „Tschüss, mein Großer! Bis heute Abend! Fahr bitte vorsichtig den Berg hinunter!" Berg?! Oh je...Joscha öffnete die Augen und bemerkte, dass er viel zu schnell den Berg hinuntersauste. Die Sonne blendete ihn. Jetzt kam auch noch ein Auto, der Nachbar seiner Familie. Joscha bremste auf der schmalen Straße, so stark er konnte. Plötzlich löste er sich wie in Zeitlupe vom Fahrrad und flog nun tatsächlich, aber im hohen Bogen auf die Straße. Die Bremsen des Pkws quietschten, der Fahrer kam noch rechtzeitig zum Stehen - dann war alles still. Joscha flog immer noch. Nein, er fiel – tiefer und tiefer fiel er, als würde er in die Erde gezogen werden. Um ihn herum war tiefe Finsternis. Nach einiger Zeit spürte er festen Boden unter sich und die Dunkelheit löste sich auf. Verwundert blickte er um sich. Wo war er? So etwas hatte er noch nie gesehen! Er saß vor einer Höhle. Neben ihm stürzte ein gelber Wasserfall in die Tiefe. Vor ihm breitete sich eine weite Landschaft aus, mit roten Hügeln, blauen Wiesen und riesigen Kristallen. Diese Kristalle waren weiß, lila, rosa, rot, grün und blau – genau, wie jene Steine, die Mama auf ihrem Schreibtisch stehen hatte, nur viel, viel größer. Sie leuchteten und blitzten in allen Farben. Aus einigen kamen sogar Strahlen und Blitze. Die Helligkeit dieser Welt schien aus den Steinen zu kommen, denn Joscha konnte keine Sonne entdecken. Wo man den Himmel vermutet hätte, wölbte sich eine ockerfarbene Decke, die scheinbar von riesigen Säulen getragen wurde. Dazwischen flogen bunte Vögel umher. Dem Jungen überkam eine leichte Gänsehaut.

Plötzlich tippte ihm jemand auf die Schulter. Eine fröhliche Stimme rief dabei: „Guten Tag und Herzlich Willkommen in meiner Wohnung!" Joscha erschrak, drehte sich um – und musste lachen. Der Bewohner der Höhle war ungefähr so klein wie er, besaß ein hellgrünes Gesicht und lebhafte warme, braune Augen. Er trug eine Zipfelmütze und war mit einem langen, dunkelgrünen Bart ausgestattet. Ein grüner Umhang hüllte ihn ein. Schuhe kannte das Männchen wohl nicht, da der Boden hier so warm wie eine Fußbodenheizung war.

„Bist Du ein Zwerg?", kicherte Joscha. „Oder der Weihnachtsmann?" Das Männchen schmunzelte. „Nein, ich bin ein Erdling. Hier leben viele Erdlinge, wir hüten diesen Planeten. Ich heiße übrigens Solder. Und Du bist Joscha, stimmt's?" „Ja, woher weißt Du das?" stammelte der Junge. „Alles schön der Reihe nach", sagte der Alte und zog einen goldenen Apfel aus seinem Umhang hervor. Während er diesen polierte, fuhr er fort: „Als die Menschen auf diesen Planeten kamen und den Krieg mitbrachten, sind wir ins Innere der Erde gezogen. Hier ist sehr viel Platz! Die Erdmutter braucht uns, um nicht auseinander zu brechen. Wir leben hier in Einheit und Frieden, zusammen mit den Devas, Elfen, Kobolden und Einhörnern sorgen wir dafür, dass die Kreisläufe der Natur bestehen bleiben. In anderen Bereichen unter der Erde leben noch ganz andere Wesen. Wir bemühen uns immer wieder um ein Gleichgewicht, heilen und unterstützen die Erdmutter in ihrer Kraft, bis die Zeit der Kriege beendet ist und ihr Menschen Euch erinnert habt, wer ihr seid."

Er reichte Joscha den Apfel, der nun so blank war, dass man sich darin spiegeln konnte: „Jeder Erdling bekommt zur ersten Initiation einen Apfel vom Goldenen Baum, der sich im Zentrum der Erde befindet. Schau ruhig mal hinein!"

Joscha sah sein Spiegelbild, welches sich dann auflöste und andere Bilder zum Vorschein brachte. Er sah sich selbst in seinem Bett liegen, die Augen geschlossen, daneben seine Eltern und Dr. Neubauer, der Kinderarzt. Was wollte der denn? Er hörte den Arzt sprechen: „Joscha hat eine Gehirnerschütterung. Er muss nun eine Woche im Bett liegen, er wird hier mehr Ruhe haben als im Krankenhaus. Momentan ist er weit weg, sonst geht es ihm aber gut. Sollte er in einer Stunde noch bewusstlos sein, rufen Sie mich bitte an."

Aha, man konnte also durch die Äpfel die Welt der Menschen beobachten. Ihm war etwas mulmig, nach dem, was er da gerade gesehen und gehört hatte. Doch Solder bedeutete ihm, zu folgen. Sie gingen durch das Innere der Höhle, durch helle, glitzernde Gänge, bis sie auf eine Wiese kamen. Das blaue Gras war so groß wie Joscha und Solder. Große Schmetterlinge, in der Größe von Tauben, flatterten umher und lachten wie Kinder. In der Ferne grasten weiße Einhörner. Joscha wurde plötzlich von einem Glücksgefühl überströmt, er rannte los, rollte einen Hügel hinab, spielte mit den Schmetterlingen Fangen und sprang und rannte immer weiter. Er lachte und schrie vor Übermut.

Vor einem riesigen Diamanten blieb er staunend stehen. Aus einer Öffnung drang rötliches Licht. Plötzlich stand Solder neben ihm und gab ihm die Hand. „Ich muss mich nun leider von Dir verabschieden. Wie ich sehe, hast Du den Weg zu Dir selbst ganz alleine gefunden. Nun brauchst Du nur noch alleine durch die Tür gehen. Wir werden uns irgendwann wiedersehen. Alles Gute, mein Freund!" Damit drehte er sich um und war schon verschwunden.

„Weg zu Dir selbst?" Joscha verstand nicht, was Solder damit gemeint hatte. Aber er ging nun mutig in die Höhle. Hinter ihm schloss sich der Eingang sofort. Etwas zögernd schaute er sich um. Das Innere des Diamanten blitzte und funkelte in allen Farben. Von den Wänden flossen Bäche aus farbigem Licht. Ihm wurde schwindelig, es gab hier kaum eine räumliche Orientierung, Farben in Farben und Muster, die in den Raum hineinzureichen schienen wie Tunnel, sie schienen auf ihn zu zu kommen und gleichzeitig sich zu entfernen. So etwas hatte er noch nie gesehen, er konnte auch keine Erklärung finden. Es war sehr warm hier und roch eigenartig, doch angenehm.

Und dann sah er ihn – einige Meter von ihm entfernt ragte ein großer, grüner Drache aus dem Lichtteppich. Seine durchsichtigen, zarten Flügel zitterten leicht. Er spuckte Feuer und Rauch vor Joschas Füße. Dieser blieb wie hypnotisiert stehen, doch spürte er keine Angst, eher Freude. Das Feuer brannte gar nicht! Nun begann der Drache zu sprechen: „Ich bin Agodom, ein Herzensdrache. Wir waren die ersten Bewohner auf diesem Planeten und haben ihm Fruchtbarkeit gebracht. Du bist hierher gekommen, weil Du Dein wahres Ich kennenlernen möchtest. Du hast innerlich immer wieder nach mir gerufen. Bei Euch Menschen ist nun das Zeitalter des Friedens angebrochen. Noch spürt ihr es nicht und vieles fühlt sich nicht so an, weil die Macht in eurer Welt noch um ihr Überleben kämpft, natürlich. Wir werden bald aus der Erde zu Euch zurückkehren und uns mit Euch wieder vereinen. Wann das sein wird, liegt ganz an Euch, aber der Zeitpunkt darf kommen. Das gespaltene Bewusstsein wird wieder ganz. Ihr Kinder dieser Zeit seid die wahren

Lehrer, auch wenn noch wenige Erwachsene euch Glauben schenken, doch es werden mehr. Und nun schau mich an!"

Joscha blickte verzückt in gelbe Drachenaugen, dieselben wie die auf seiner Schultüte! Aus den Augen wurden Ringe, Blitze und schließlich Tunnel. Er spürte einen Sog, als würden er und der Drache zu einem Wesen verschmelzen. Joscha hörte die Stimme Agodoms in seinem Kopf: „Ich bin Du und Du bist Ich! Von nun an werde ich immer bei Dir sein, wo immer Du auch sein magst. Und jetzt darfst Du auf meinen Rücken steigen!"

Und sie flogen durch geheime, vieldimensionale Welten, wofür Joscha keine Erklärung hatte, doch er fühlte sich unendlich glücklich, sicher, kraftvoll und weise. Dann erwachte er in seinem Bett. Auf dem Nachtisch erblickte er eine Schale mit drei Äpfeln von seinem eigenen Bäumchen. Er nahm einen davon, biss hinein und hielt den Apfel vor sich, wie er es mit dem goldenen Apfel getan hatte. Er schmeckte köstlich. Die Abendsonne schien schräg durchs Fenster und fühlte sich im Gesicht an wie Drachenatem. Es roch so gut wie in der Drachenhöhle. Die Tür wurde geöffnet und Mama kam herein: „Na, Gott Sei Dank, du bist ja wieder wach! Wie fühlst Du Dich?" Er fühlte sich wahnsinnig gut, es würde ihm schwerfallen, seinem Kopf zuliebe eine Woche das Bett hüten zu müssen. Aber ein Glücksdrache sollte sich auch in Geduld üben.

Aus der Küche drang der Duft von Mamas beliebtem Apfelkuchen…

UNSERE NACHBARN

Als ich an diesem sonnigen Sonntagmorgen im Juni 2006 aus
dem Küchenfenster schaute, erschrak ich.
Drüben im Garten der Boisenbergs waren doch tatsächlich
die Liegestühle nicht mehr dort, wo sie seit einem Monat
standen. Armlehne an Armlehne und immer an derselben
Stelle, so hatten sie auch im vergangenen Sommer, als wir
zugezogen waren, den Garten verziert. Dort saß das ältere
Ehepaar oft nach Feierabend bei Tee und Zeitung. Er
arbeitete im Betonwerk, sie im Seniorenheim. Samstags
putzten die Boisenbergs ihr Haus und den Garten mit so
großer Hingabe, dass unsere älteste, siebzehnjährige Tochter
einmal hinüber rief: „Bügeln Sie Ihren Rasen eigentlich
auch?"
Tja, wir hatten mit unseren sechs Kindern und vier Hunden
andere Sorgen als Moos im Rasen. Die nachbarschaftliche
Konversation war bisher nie über ein geheucheltes „Guten
Tag" hinaus gegangen.
Nun waren die Rollläden noch herunter gezogen und die
Gartenstühle standen schief. Es musste etwas passiert sein!
Und dort – oh nein, war das nicht ein Maulwurfshügel? Als
ich genauer hinsah, erkannte ich, dass er künstlich angelegt
war, denn Maulwürfe gab es bei Boisenbergs nicht! Auf der
Spitze und zwischen den Stauden steckten Fähnchen, Party
piekser im Star Wars Design; die gleichen, die ich in einer der
Küchenschubladen aufbewahrte. Eine innere Stimme sagte
mir, dass jemand aus meiner Familie mit der nächtlichen
Aktion zu tun haben musste. Ich überzeugte mich davon, dass
die Fähnchen in meiner Küche fehlten. Unsere
Dreizehnjährige hatte Besuch von ihrer Freundin und beide
befanden sich noch im Reich der Träume.
Die Aufsicht über Küche und den Kindern, die auch Sonntags
schon um neun Uhr wach sind, da sie noch nicht von der

Pubertät infiziert wurden, übergab ich meinem Mann. Dann schlich ich mich heimlich auf das Nachbargrundstück, um die Liegen geradezurücken. Plötzlich standen die Endfünfziger vor mir. Eine Welle von „Unerhört...Typisch...wie der Herr, so dass....hat man nicht mal Sonntags seine Ruhe...Polizei!", rollte über mich hinweg. Die Boisenbergs in ihren gestreiften Morgenmänteln und Filzpantoffeln, dazu die Playmobilfiguren, die sich zwischen den Pflanzen versteckten, überall die Star Wars Fähnchen – ich hatte Mühe, mir ein Lachen zu verkneifen. Hätte ich losgelacht, hätte diese Dame vor mir sich sicherlich in Darth Vader verwandelt.

Ich bemühte mich also um Sachlichkeit: „Schönen Guten Morgen! Darf ich Ihnen behilflich sein?"

Wenn Blicke töten könnten! Kein Wunder, dass unsere Hunde die Nachbarn ständig anbellten. Ungerührt und ein wenig schuldbewusst begann ich, die Fähnchen einzusammeln.

„Das waren Ihre Gören, stimmt's? Typisch, haben den ganzen Tag nichts zu tun, können den Hals nicht voll kriegen und haben dann nicht mal ihre Bälger unter Kontrolle! Und dann überall diese stinkenden Köter!! Wie das bei Ihnen im Haus aussieht, will ich gar nicht wissen!"

Au weia! Bevor ich in Versuchung geriet, mich zu rechtfertigen, hüpfte mein Mann wie selbstverständlich über die gepflegte Buchsbaumhecke und fragte: „Haben unsere Kinder etwas beschädigt, was Ihnen gehört? Wir sind gut versichert."

Helmut Boisenberg räusperte sich: „Naja, kaputt gegangen ist ja nichts, aber schauen Sie mal, kommen Sie mal beide mit!"

So gelangten wir zum ersten Mal durch den Hintereingang in die Räumlichkeiten unserer nächsten Nachbarn. In der Waschküche ergriff Elisabeth das Wort: „Wir wohnen seit dreißig Jahren hier. Mein Mann hat dieses Haus gebaut, mit seinen eigenen Händen. Er hat Tag und Nacht geschuftet. Jeden Abend schließt er beide Eingangstüren ab und sieht nach dem Rechten. Und nun das... Da geht man einmal abends aus und vergisst, die Nebentür abzuschließen und so wird es einem gedankt!" Ihre Stimme erstickte in Tränen. Ich erblickte auf Waschmaschine und Trockner weitere Spielsachen meiner Kinder; Autos, Tiere und Bäume. Aus dem Waschpulver war eine Schneelandschaft geworden. „Fehlt denn etwas?", fiel mir ein. Helmut winkte ab. „So schlimm ist es ja nun auch nicht. Aber ich zeige Ihnen was. Kommen Sie!"

Unter Elisabeths Pampelmusenblick zogen wir lieber erst unsere Schuhe aus. Die Wohnküche war ganz im Stil der 70er Jahre gehalten. Nun tummelten sich auf blitzblank geputzten Küchenmöbeln Ritter, Kampfrösser und eine Burg. Der Staubsauger stand auf dem Küchentisch, der Schlauch war lässig um einen Stuhl drapiert. Dahinter standen in einer Reihe zehn oder zwölf Zimmerpflanzen, wie Entenküken, die ihrer Mutter, einer Yucca-palme, folgten.

Nebenan im grau-braun möblierten Wohnzimmer fehlten die Blumen auf der Fensterbank.

„Was sollen die Leute denken!", ereiferte sich Elisabeth. Helmut beruhigte sie: „Lass gut sein." „Und die Bücher, wer soll das denn alles wieder aufräumen?"

Mein Mann mischte sich ein: „Unsere Tochter und ihre Freundin werden alles wieder an Ort und Stelle bringen. Außerdem..."

„Kinder... Kinder in meinem Haushalt! Sie haben nicht einmal ihre Schuhe ausgezogen. Und alles haben sie angefasst, alles!"...Jetzt bloß nicht lachen...

Die Bücher marschierten vom Schrank aus über den Fußboden und den Tisch zum Fernseher. Dort thronte eine Porzellanpuppe, die über Nacht Rastazöpfe bekommen hatte. Der Inhalt der Obstschale hatte sich verselbstständigt. Ein Apfel lag im Aquarium. Helmut fand es nicht schlimm: „Wenn die Mädels für Ordnung sorgen und sich entschuldigen, ist die Welt doch wieder in Ordnung, ja?" - „Wer weiß, welchen Blödsinn die sich noch einfallen lassen. Überall sind Fingerabdrücke und dann der Lippenstift auf

dem Fernseher…! Ach...und das ist ja wohl der Gipfel!" Sie deutete auf einen Bh, der über dem Gemälde mit einer Flamencotänzerin hing. Mein Bh übrigens!
Mir kam eine Idee: „Wir möchten Sie heute zum Essen einladen. Sie haben wohl keine Kinder?", fügte ich vorsichtig hinzu.
Elisabeth konnte nun ein lautes Weinen nicht länger zurückhalten. Ihr Gatte nahm sie in seine Arme und drückte ihren Kopf an seine Brust. Sie schluchzte nun leiser.
„Wissen Sie", begann er, „es ist so...Lizzy und ich hatten einmal einen Sohn. Sie konnte keine weiteren Kinder bekommen. Dabei ist sie selbst das zweite von sieben Kindern gewesen. Ihre Eltern sind früh gestorben und als sie schwanger war, starb ihr Lieblingsbruder bei einem Autounfall – ja, und unser kleiner Thomas ist mit fast zwei Jahren vom Lkw überrollt worden. Sie ist nie darüber hinweggekommen….". Er seufzte und die streichelte die ergrauten Haare seiner Frau. Sie grub ihr Gesicht tiefer in seinen Morgenmantel, als wolle sie nicht hier sein.
„Jetzt verstehe ich", durchbrach ich die unheimliche Stille, während meine Hand sacht ihre Schultern berührte. „Bei so einem Schicksal glaubt man natürlich, schuldig zu sein und gibt sich Mühe, alles in Ordnung zu halten." Mein Mann führte den G
Mühe, alles in Ordnung zu halten." Mein Mann führte den Gedanken weiter: „...und dann kommt da ne laute Familie, die jeden Tag das pure Leben präsentiert!"

Seit jenem Tag hat sich das Verhältnis zu unseren Nachbarn grundlegend verändert. Bei der überfälligen Renovierung bei den Boisenbergs halfen unsere Kinder und deren Freunde mit. Mein Mann und Helmut hatten die Leitung und verstanden sich prima. Die beiden verantwortlichen Mädchen zeigten ihr wahres Talent in puncto homedesign, indem sie aus der grauen Wohnlandschaft eine farbenfrohe Oase zauberten.

Elisabeth Boisenberg trägt inzwischen moderne Kleidung und einen modischen schwarzen Kurzhaarschnitt, der ihr ein attraktives Aussehen verleiht.

Sie entwickelte ihren eigenen Sinn für Humor, indem sie eines Tages begann, in die Hundekothaufen auf unserem Grundstück die Fähnchen zu stecken, die ihr beinahe den Sonntag verdorben hatten. Der Vorgarten darf nun endlich etwas wachsen, der Rasen seine Moosflächen behalten und ein Vogelkasten vor dem Küchenfenster sorgt nun für Leben auf dem Grundstück. Und die Gartenstühle? Ja, die haben inzwischen Zuwachs bekommen, damit die zahlreichen Gäste es sich im Garten der Boisenbergs gemütlich machen können.

(Diese Geschichte ist frei erfunden, allerdings mit vielen Details aus dem wirklichen Leben versehen. Freie Kinder fallen in unserer Gesellschaft oft unangenehm auf, können aber auch zur Heilung derselben beitragen.)

DIE MACHT DER LIEBE

Sie waren schon oft hier gewesen. Und sie würden wiederkommen. Irgendwann. Wie ein Vulkan, der seit Menschengedenken nicht mehr aktiv war, in dessen Innersten es aber plötzlich wieder brodelte, so kam die stille, unsichtbare Gefahr aus dem Universum mit jedem Atemzug der Erde näher. In ihrem Gepäck befand sich die starre Macht, die jede Regung des Herzens augenblicklich zum Erfrieren brachte.

Ihre Komplizen, die Machthaber aus Politik, Wirtschaft und Religion merkten nicht, für wen sie die Handlanger waren. Geblendet in ihrer Gier und ihrem Stolz ließen sie die trojanischen Pferde in die Metropolen der Erde…

Charlotte gähnte zufrieden. Die Bäume wisperten sich Geheimnisse zu, die Oktobersonne umschmeichelte sie mit goldenen Strahlen und der Geruch von Herbstlaub und Waldpilzen stieg ihr in die Nase. Einige Schmetterlinge umtänzelten das Liebespaar, während schon die ersten Wildgänse gen Süden zogen. In den Armen ihres Liebsten tauchte ihr Bewusstsein wieder auf aus geheimen Welten voller aufregender Farben und neuen Liedern. Seit Marco und sie sich hier am Wannsee vor zwei Monaten kennengelernt hatten, war das Leben für beide zu einem rosaroten Traum geworden. Dass Charlotte Kunst und Kultur auf der Humboldtuniversität studierte und Marco unter einem autoritären Vorgesetzten als Tischler arbeitete, dass Charlottes demenzkranke Großmutter auf ihre Hilfe angewiesen war, dass es finanzielle Probleme in Marcos Familie gab, das alles war in den Hintergrund getreten. Der Alltag mit seinen Mühen und Sorgen war zu einer fernen Realität geworden, die kaum noch Bedeutung hatte. Zu kostbar waren die gemeinsamen Momente, aus denen beide Kraft und Lebensfreude und Glück schöpften für die weniger erfreulichen Stunden im Leben.

Marco schaute auf sein Handy, während er seine Jacke anzog: „17.25! In zehn Minuten fährt die nächste Bahn nach Berlin. Wir sind heute bei Ismael eingeladen."

Charlotte streckte sich: „Du meinst den Ismael, dem der Dönerimbiss bei mir um die Ecke gehört? Dann haben wir es ja nicht weit. Ich möchte noch duschen."

„Ach, für wen denn. Für mich riechst Du genau richtig so. Außerdem habe ich Hunger. Komm Charly!"

Wolken und Wind kamen auf, als sie Richtung S-Bahn aufbrachen.

„Was ist denn das?" rief Charly in ein plötzliches Gedonner hinein. Marcos Antwort ging in einem weiterem Donnern und Krachen unter: „Vielleicht ein Flugzeug mit Überschall..."

Funken flogen am Horizont und es wurde unnatürlich warm. In der S-Bahn schützten ihre Zärtlichkeiten sie vor besorgten und geschockten Blicken der Fahrgäste, die zustiegen.

Weil Marco zur Zeit in einer WG wohnte, schlief er meist bei seiner Freundin und hatte seine wenigen Besitztümer größtenteils dort geparkt. Charly wohnte in Alt Moabit-Tiergarten. Sie konnte ihren Liebsten überreden, sich vor der türkischen Geburtstagsfeier noch in ihrer Wohnung frischzumachen. Doch dazu sollte es nicht kommen.

An der Haltestelle „Unter den Linden" stoppte die Bahn, alle Fahrgäste wurden aufgefordert, ins Freie zu gehen.

Nichtsahnend eilten Marco und Charly mit der Menge auf das Brandenburger Tor zu. Marco hob den Kopf und stutzte. Er hatte etwas aus den Augenwinkeln bemerkt. „Sieh mal, Charly, ein Raumschiff auf dem Bundestag! Was das wohl wieder soll? Ist das Kunst oder kann das weg?". Beide lachten ausgelassen. Dann erstarrte Charly: „Sieh mal, kleine graue Männchen, die sehen aber gruselig aus, hier wird bestimmt ein Film gedreht. Aber dass die gleich dafür die Bahn anhalten müssen!"

Eine riesige Menschenmenge wurde von unsichtbarer Hand, so schien es, oder von gewaltigen Gedankenkräften vor dem Brandenburger Tor zusammen geschoben. Wie zum Hohn brach gerade die Abendsonne durch die letzten Wolken und zeigte einige goldschimmernde Umrisse neben der Quadriga. Der Wind hatte sich gelegt und zauberte gemeinsam mit der goldschimmernden Sonne eine friedliche Stimmung. Normalerweise konnte man von hier aus den Sonnenuntergang hinter der Siegessäule beobachten. Doch statt der Säule sah man jetzt ein riesiges, metallisch glänzendes Raumschiff. Bäume, Menschen, Hunde, Gebäude und die Säulen des Brandenburger Tors, alles, was die Sonne noch erreichte, flammte golden auf. Diesen friedlich - magischen Moment durchschnitt die Stimme eines der größeren Gestalten, die dort auf dem Tor standen.

Charly war sich nun sicher, dass das hier die Realität war, kein Film, wie Marco noch hoffte. Sie schauten einander betroffen in die Augen, ihre Hände umspielten einander, als ob sie sich vergewissern wollten, ob die andere Hand noch wach und lebendig sei. Marco deutete kurz auf einen der grauen, etwa ein Meter dreißig großen Wesen, die nun um die Menschen einen Kreis gebildet hatten: „Du, Charly, das sind wirklich Aliens. Komm, lass uns mal näher herangehen und sehen, ob die Laserwaffen haben...“

Ein großer Grauer in der Gestalt eines Menschen mit ungesunder Gesichtsfarbe sprach ohne Verstärker. Trotzdem hörten Marco und Charly fast schmerzhaft seine Worte in ihren Köpfen:

„Verehrte Erdbewohner, wir verkünden Euch hiermit heute den Weltfrieden!!…

Eure Politiker haben in jüngster Zeit Großes geleistet, haben sich international die Hände gereicht und sich vertrauensvoll an uns gewandt. Wir sind die Alpha reticulae und stammen von einem Planeten im Orion – System. Wir sind eine hoch entwickelte Zivilisation und euch Menschen weit voraus. Wir werden hier auf dem Planeten Erde den Frieden wiederherstellen, Armut und Hunger besiegen, die Arbeitslosigkeit beseitigen und das Gesundheitswesen revolutionieren. Dafür werdet ihr in naher Zukunft in einer sterilen Atmosphäre leben. Da unsere Körperstruktur nicht für die Existenz auf diesem Planeten geschaffen ist, müssen wir einige Sicherheitsvorkehrungen treffen, um gemeinsam mit Euch auf diesem Planeten wirken zu können. Die Molekularstruktur der meisten Pflanzen und Pilze...“

Marco wandte sich ab: „Der ist mir zu langweilig. Solange Du bei mir bist, ist mir sowieso egal, wer gerade auf diesem Planeten das Sagen hat. Die machen ja eh, was sie wollen.“

Sein Blick versenkte sich tief in ihre Augen, in warmen, weichen Braun. Ein klares, glänzendes Blau antwortete ihm. „Findest Du auch, dass der gar nicht mehr in unserem Kopf quatscht, wenn wir uns in die Augen schauen?" „Ja, es ist, als ob die gar nicht hier sind..." Nachdenklich fügte Charly hinzu: „Ich habe neulich eine Vorlesung über schamanistische Kulturen besucht. Am meisten hat mich beeindruckt, wie die Naturvölker mit der Angst umgehen. Angst tötet die Seele, Angst zieht Emotionen wie Wut, Neid, Geiz, Stolz und Hass nach sich. Lange Zeit haben es die indigenen Völker geschafft, die Angst aus ihrem Herzen zu verbannen, indem sie in enger Beziehung zu Mutter Erde und miteinander gelebt haben. Sie waren noch in ihren Herzen verbunden und kannten keine Hierarchie. Jeder hatte seinen Platz in der Gemeinschaft und sie kommunizierten friedlich auf Augenhöhe miteinander. Sie konnten sich dadurch ihr Urvertrauen erhalten, positiv denken und kannten daher keine Angst. Leider können es heute nur noch wenige Menschen. Liebe als Schutz vor Angst, verstehst Du?"

„Ja, Liebe ist die stärkste Macht im Universum, Du öffnest Dein Herz und die ganze verkackte Hirnwäsche kommt nicht mehr an Dich ran. Weiß ich von Stargate." Er hielt seine Ohren zu. „Oh, jetzt hör ich die Stimme wieder, vielleicht, weil ich mich nur kurz aufgeregt habe." Er atmete tief durch und sah ihr wieder in die Augen. „Jetzt geht's wieder. Wollen wir nicht einfach weitergehen?"

Inzwischen waren Marco und Charly Hand in Hand durch die gebannte Menschenmenge gelangt und erreichten das Brandenburger Tor. Dort küssten sie sich lange. Einer dieser grauen Männchen stieß einen Laut aus. Charly sah ihn an und erstarrte. Diese kalten schwarzen Augen, dieser leere Blick! Aber es lag auch etwas wie Traurigkeit in ihnen – oder war es Angst? Fast tat ihr dieser kleine Kerl leid. Marco streckte dem Alien einfach die Hand hin. „Herzlich Willkommen auf der Erde, ich heiße Marco und das ist meine Freundin, Charly. Hast Du auch eine Freundin?"

Charly musste lachen und dem kleinen Grauen vor Entzückung über den haarlosen Kopf streichen, wie bei einem Kind, welches getröstet wird. Der Kleine zuckte zusammen, er begann zu vibrieren, die wimpernlosen Augen wurden noch größer und dann schrie er fast wie ein Mensch in größter Angst und Bedrängnis, brach dann zusammen und bewegte sich nicht mehr. Charly erschrak: „Oh, nein! Das habe ich nicht gewollt!" „Tja, guck mal, jetzt hast Du einen Alien umgebracht. Böses Mädchen!" Marco behielt sogar jetzt seine gute Laune. Er hielt Charly in seinen Armen und küsste sie, als einer der großen Klone in Menschengestalt auf die beiden zukam und nun mit menschlicher Stimme redete: „Wir sind hier, um Eure Probleme zu lösen. Dazu ist es erforderlich, dass ihr Eure Herzen verschließt. Eure menschlichen Gefühle haben die globalen Probleme auf diesem Planeten erst hervorgerufen. Ab heute sind emotionale Handlungen untersagt." Sein graues, bartloses Gesicht zeigte keine Mimik, während er mit seiner Stimme sprach. Die schwarzen Augen besaßen zwar Brauen und Wimpern, doch war es schwer, sich dahinter ein Gehirn oder eine Seele vorzustellen. Charly wurde übel und sie ließ Marcos Hand los, da er sich plötzlich unangenehm anfühlte. Sie konnte ihm plötzlich nicht mehr in die Augen sehen und wollte weiter, weg hier. Im Weitergehen sah sie noch, dass der bewusstlose

Alien am Boden von zwei seiner Artgenossen weggetragen wurde.

Marco überholte sie und rief ihr zu: „ Öffne Dein Herz!" Dann blieb er stehen und drehte sich zu ihr: „Hast Du gemerkt, was der Typ mit Dir gemacht hat, als Du ihn angesehen hast?" Charly atmete tief und entspannte sich, ihr Oberkörper wurde warm. Sie umarmte Marco und ihr kamen einige Tränen: „Ich weiß nicht, plötzlich hatte ich so gar kein Gefühl mehr in mir und konnte nicht einmal Dich in meiner Nähe ertragen, meinst Du, der hatte mich beeinflussen können, nur weil ich ihn kurz angeschaut habe?" „Ja, scheint so – oh, was ist da denn los?", Marco drehte sich um, wo nun schon ca. 50 Meter hinter ihnen immer noch eine paralysierte Menschenmenge den neuen Machthabern lauschen musste. Doch offenbar nicht alle…

„Ihr Alienpack, ihr wollt uns doch alle nur umbringen. Leute, glaubt denen kein Wort, die wollen nur unsere Gene, unsere Bodenschätze, unser Wasser, unser..." - weiter kam der Anhänger der linksradikalen Szene nicht. Er stand plötzlich wie angewurzelt und brachte keinen Ton mehr heraus. Ein kleiner Grauer stellte sich vor ihn und starrte ihm auf die Stirn. Einen Atemzug später sank der Mann lautlos zusammen. Marco und Charly hörten nun wieder den Redner vom Brandenburger Tor, der mit dem Rücken zu ihnen stand: „...solch ein emotionales Verhalten ablegen und vertrauen. Ihr Menschen müsst Euer Vertrauen wiedererlangen..." - Er wurde übertönt: „So einen hatten wir vor achtzig Jahren schon mal hier… So was wie Euch wollen wir nicht..." Auch dieser Mann wurde ins Land der Träume befördert, ebenfalls eine Frau, die hysterisch durch die Menge stolperte und ein

Punk, der unter Drogeneinfluss beim Anblick der Aliens in wildes Gelächter ausbrach. Sie alle sowie weitere Menschen wurden in das Raumschiff vor der Siegessäule geschafft.

Marco und Charly schlenderten ohne weitere Hindernisse weiter, dem Sonnenuntergang entgegen. Ein kalter Oktoberwind kam auf. Tote Schmetterlinge lagen auf dem Asphalt des 17. Junis.

Ein bunt gekleideter Mann mit langen, grauen Zöpfen und einem wettergegerbten Gesicht kam ihnen entgegen. Neben ihm erschien aus dem Halbdunkel eine Frau im gleichen Alter. Sie trug eine rote Strumpfhose unter einem bunten Wollrock. Darüber trug sie eine grüne Filzjacke. Henna gefärbte Indianerzöpfe züngelten um ein Gesicht voller Lachfalten. Beide besaßen freundliche Augen, die schon sehr viel gesehen haben mussten.

„Jut'n Tach, wen haben wir denn da? Den Marco! Das ist also Deine Charly, von der Du mir erzählt hast. Siehst jut aus! Ihr dürft hier doch jar nicht rumlaufen. Außerdem, Liebe ist verboten ab heute. Für den Weltfrieden!" Lachend umarmte der Alt-Hippie die beiden. Marco stellte ihn vor:

„Das ist Otto, der bunte Vogel, von dem ich Dir erzählt habe. Wir haben mal einen Sommer lang auf der Straße gelebt, Musik gespielt und Straßenbilder gemalt. Ich hab dann ein vernünftiges Leben begonnen, während Otto immer noch Lebenskünstler ist." „Hab ja auch nichts anderes jelernt!", grinste Otto verschmitzt. „Dies ist übrigens Ellen, eine alte Freundin von mir. In den kalten Zeiten kriechen die Ratten aus den Löchern. - Ihr kennt Euch?", wendete er sich Charly zu.

„Ja", entgegnete sie und umarmte Ellen. „ Ich habe mal ne Vorlesung bei ihr gehabt. Über spirituelle Kunst, der Zusammenhang zwischen Farben und deren psychologisch-emotionale Bedeutung im Bezug auf die Chakren und so weiter. Ein sehr interessanter Vortrag. Außerdem ist sie ein Medium und hat ein Buch über Außerirdische geschrieben."

„Ja, genau über das hier heute! Und wenn Du es gelesen hättest, wüsstest Du, wie Du dich jetzt verhalten solltest. Doch wie ich sehe, habt Ihr euch richtig verhalten, sonst wäret Ihr nicht hier. Mir ist die Botschaft gechannelt worden, dass nur die Liebesfähigkeit uns Menschen vor den Grauen schützen kann. Sie besitzen eine verkümmerte Aura, das Ergebnis eines galaktischen Krieges. Hätten sie nie Emotionalkörper gehabt, wäre es kein Problem für sie, doch als emotionaler Rest ist ihnen die Angst geblieben. - Habt ihr Euch mal vor deren Augen geküsst?" „Ja, die haben Angst bekommen, glaube ich, die wurden sogar ohnmächtig oder so etwas."

„Sehr interessant, wie ich vermutet habe. Die großen Grauen scheinen Klone zu sein, völlig kalt, ohne Angst, aber ohne Waffen und wie ferngesteuert." Ellen lächelte vor sich hin und begann leise ein Mantra zu singen: „Om mani padme hum".

Inzwischen waren die Vier durch den Park in Richtung Alt-Moabit gegangen. Links hinter ihnen stand das Raumschiff vor der Siegessäule. Von dort blitzte plötzlich ein gleißender Lichtstrahl auf, begleitet von einem donnerndem Röhren, und daraufhin erhob sich das Raumschiff fast lautlos über dem Park. Dann löste es sich vor ihren Augen auf.

„Donnerwetter, was war das denn?" Otto kratzte sich den 5-Tage-Bart. „Bringen die jetzt nur Menschen weg oder sind se abjehaun?"

Ein junges Pärchen kam lachend herbeigelaufen. „Hallo, wir haben die Aliens vertrieben! Haben uns einfach vor deren Augen geküsst und die sind umgekippt. Dann wurden sie eingesammelt und ins Raumschiff gebracht. Hah, eins weniger!"

„Tach erstmal, über das Phänomen sollten wir aber reden", begann Ellen, „sagt mal, hattet ihr denn Angst?" „Nein, vor denen doch nicht", erwiderte die junge Frau. „Aber im Fernsehen wurde eben gezeigt, dass die Aliens in allen Hauptstädten der Welt gelandet sind. Ich hab grad nen Anruf von meiner Mutter bekommen. In vielen internationalen Sendern halten sogar die großen Grauen Ansprachen wie der da vorne auf dem Tor. Ich möchte nicht, dass wir von denen regiert werden und Chips eingesetzt bekommen und in einer sterilen Umwelt leben müssen. Das macht mir Angst."

„Kann man denn wirklich Liebe als Waffe einsetzen?" gab Charly zu bedenken.

„Sage lieber Schutz, wir kämpfen ja nicht...ja, wir können das sofort...", Ellen war nun ganz in ihrem Element. „Darf ich mich vorstellen, Ellen, Psycho -und Kunsttherapeutin, Medium, Reikimeisterin und manchmal einfach ein bisschen verrückt – aber verrückte Menschen braucht die Welt! Ich sagte schon, diese Alpha reticulae empfinden ausschließlich Angst als Emotion. Angst ist daher ihre Antwort auf angstfreie Schwingungen, wie zum Beispiel der Liebe. Die Großen unter ihnen bestehen aus geklonter menschlicher Biomasse und besitzen gar keine Emotionen. Liebe gibt es auf vielen Ebenen, wichtig ist die Verbindung im Herzen, im Herzchakra. Ob Menschen zu zweit, in einer Gruppe oder alleine sind, wir können uns alle auf unser Herzchakra konzentrieren und uns in Gedanken dort verbinden. Damit dehnen wir unsere Liebe aus und verbinden sie mit der universellen Liebe, egal, ob man Meditation kennt oder nicht. Viele Menschen meditieren ohnehin unbewusst." Einen Atemzug lang sahen sich die Sechs schweigend an. Dann redete Ellen weiter: „Wir müssen die Botschaft, dass man mit der Schwingung der Liebe die Aliens vertreiben kann, weitergeben. Der Versuch ist es wert. Sag mal, Otto, Du kennst doch diesen Hacker in Kreuzberg. Kannst Du ihm nicht erklären, dass er diese Erfolgsmeldung in alle Netzwerke und möglichst viele Webseiten einbringt?"

„Jo, wir können ja guckn, ob er zu Hause ist. Neulich hat er mir erzählt, das er versucht, sich in die Seiten der Aliens einzuhacken. Du weeßt ja, die nutzen schon lange unsere Satelliten. Dachte, er wäre auf was hängen jeblieben, wollt ihm gar nicht glauben, aber nu…?"

Der Begleiter der jungen Frau gab zu bedenken: „Was ist, wenn sie nur die Verletzten wegbringen; zum Mutterschiff zum Beispiel, und dann wiederkommen? Die könnten uns doch auch vernichten, wenn sie wollten!". Ellen entgegnete: „Ach was, dann hätten sie es längst getan. Sie haben ein Interesse daran, dass die Menschen nicht aussterben. Sie brauchen uns, und zwar unsere Seelenenergie. Und die bekommen sie durch Manipulation. Dieses Spiel haben wir seit über 10000 Jahren auf der Erde und nun kommt die Endphase. Aber die Liebe ist stärker, glaubt mir, wir haben das ganze Universum auf unserer Seite!"

Vor ihnen lagen die Schienen der S-Bahn, auf denen gerade ein Zug anrollte. Es war inzwischen völlig dunkel geworden, eine Neumond-Nacht. Eine Gruppe von etwa 20 grauen Männchen kam auf sie zu. Nun stiegen vier junge Menschen aus der S-Bahn, die etwas unsicher zu den vielen Aliens hinüberblickten. Ellen winkte sie herüber.

„So, nun kommt der Beweis", freute sich Ellen und deutete mit den Händen, dass nun alle zehn Personen sich im Kreis aufstellen und an den Händen fassen möchten, „nun atmet tief durch, schließt die Augen und stellt Euch vor, ihr befindet Euch hinter eurem Brustbein. Dort sitzt das Herzchakra. Mit jedem Ausatmen dehnt ihr es aus, immer weiter, immer weiter. Nicht denken, nur atmen und fühlen, fühlen, fühlen..."

Charly spürte zunächst einen dumpfen Schmerz hinter den Schläfen, als die Grauen versuchten, die Menschen mit Gedankenkraft zu bewegen. Sie spürte die Hand der Frau rechts neben ihr, die sich wohl von der unfreiwilligen Herzmeditation etwas überrumpelt fühlte, spürte Marcos Händedruck in ihrer linken Hand, atmete und dann wurde alles ganz weit. Charly stellte sich vor, die Gruppe dieser Menschen sei in ihrem Herzen, dann ganz Berlin, Deutschland, Europa, schließlich die Erde. Und da waren unzählige Herzen, die sich mit ihrem verbanden, an allen Orten der Erde, zu allen Zeiten. Sie spürte die Kraft der Schamanen, der Erleuchteten Indiens, der großen Meister, die alle einmal hier auf diesem kleinen Planeten gelebt haben. Und sie fühlte die Einheit mit allem Leben.

Als Charly schließlich die Augen öffnete, waren Marcos Augen noch geschlossen, Ellen lächelte, ihr Gesicht hatte ganz den Ausdruck einer Indianerin bekommen. Otto grinste wie ein kleiner Junge, der seiner Lehrerin gerade ein Pupskissen untergelegt hat. Alle anderen im Kreise lächelten still. Marco öffnete seine Augen und fragte: „Wie vermehren die Aliens sich eigentlich? Nur durch Zellteilung?" Er erntete ein herzhaftes Lachen. Dann lösten alle ihre Hände voneinander und schauten auf die in zwei Meter Entfernung liegenden leblosen grauen Körper, die schon eilig von den Kollegen weggeschafft wurden. Wenig später, nachdem sich die Gruppe lachend aufgelöst hatte, startete ein weiteres Raumschiff, diesmal vom Bundestagsgebäude aus.

Zwei Jahre später sitzen Marco und Charly auf ihrer Lieblingsterasse in ihrem neuen Zuhause, eine der vielen Berliner Gemeinschaftsprojekte. Charly hält ihren drei Monate alten Sohn im Arm. Marco gießt ihr Tee nach und küsst sie zärtlich im Gesicht. Eine warme Oktobersonne lässt bunte Blätter und gelbe Blumen goldig schimmern, einige späte Schmetterlinge flattern herum und beziehen auch das Liebespaar in ihre Tänze mit ein. Von einer benachbarten Terrasse klingt herzhaftes Lachen und ein anderes Pärchen schlendert herüber und wird von Marco und Charly freudig begrüßt. Man wird heute spontan miteinander kochen, essen und dann zur gemeinschaftlichen Feuerstelle gehen. Ein anderer Mitbewohner schaut vorbei, er hat bis eben gerade noch die Westseite des Gebäudes verschönert. Wie an jedem Abend, wird man sich auch heute um 21.00 Uhr zur gemeinsamen Herzmeditation treffen.

Mit den Außerirdischen sind inzwischen auch die Mächtigen aus Politik und Wirtschaft von der Erde verschwunden. Sie haben einen anderen Planeten gefunden, der ihren

Bedürfnissen eher zusagt, deren Bewohner keine Ansprüche stellen und sich gerne zu Sklaven umfunktionieren lassen. Dort existiert auch ein reiches Goldvorkommen. Es wird sehr lange dauern, bis die Bewohner jenes Planeten sich soweit entwickelt haben, um sich von dem Würgegriff der Macht ebenfalls zu befreien, so wie sich diese Entwicklung, diese Evolution immer wieder und wieder wiederholt, bis schließlich, nach unzähligen Äonen, auch die Mächtigen den Ruf nach Liebe in sich spüren und langsam und zaghaft ihre Herzen öffnen. Dann wird es endlich einen universellen Frieden geben können...

Die Probleme auf der Erde lösten sich seit dem Verschwinden von Macht, Manipulation und Angst von selber auf. Niemand handelt mehr aus egoistischem Antrieb. Niemand ist mehr an einer Weltmacht oder Zentralisierung interessiert. Menschen leben selbstorganisiert in Gemeinschaftsprojekten ohne Hierarchie. Jeder Mensch auf der Erde lebt selbstbestimmt, selbstverantwortlich, in Vertrauen, in Liebe und Mitgefühl, in Achtsamkeit und Verehrung der Schöpfung. Das Interesse an natürlichen Heilmethoden ist gestiegen, Krankheiten, besonders Zivilisationskrankheiten existieren kaum noch, die Natur heilt auf dem gesamten Planeten zusehends und alles, alles, was zuvor lange Zeit der Wirtschaft, den Kriegen oder der Kirche diente, gibt es nicht mehr. Keine, überhaupt keine Industrie, keine Schule, keine Bewertungen, keine Dogmen, keine Geschlechterkriege, kein Geld, keine Schlachthöfe, keine Tierhaltung, keine Monokultur, keine Kirche, kein Stress, keine Krankenhäuser, keine Angst...

Sie kamen nie wieder…

DIE KATZE

Als Detlef an diesem Spätsommer-spätnachmittag seine Haustür aufschloss, wurde er in seiner Routine durch ein Miauen gestört. Gewohnheitsmäßig ärgerte er sich über die Nachbarskatze: „Hau ab, Du Mistvieh!". Plötzlich huschte ein rötliches Etwas über seine Füße – nein, das war nicht die Nachbarskatze. Er betrat sein Vorstadthäuschen, stellte seine Schuhe an ihren Platz, hing seine Jacke an die Garderobe, ging auf Toilette und wusch sich die Hände. Die Frage, wem die Katze wohl gehören möge und ob sie von selbst wieder verschwindet, störte etwas im Hinterkopf und ließ ihn einige Minuten später als gewohnt mit dem Essen kochen beginnen. Heute war Donnerstag, also gab es Kartoffelknödel. Morgen hatte er früher Feierabend, daher kaufte er Freitags für die Woche ein und besorgte frischen Fisch vom Markt. Alles passte exakt in einen Einkaufskorb und eine Tasche. Nach dem Einkauf fuhr er dann mit dem gleichen Bus wie immer um 16.38 nach Hause. Sein Brot und das fertige Frühstücksbrötchen kaufte er beim Bäcker um die Ecke neben der Bushaltestelle. Er aß und schaute dabei aus dem Fenster. Der alte Birnbaum trug kaum noch Früchte, weitere Äste waren in diesem Jahr abgestorben und außerdem verursachte er zu viel Laub. Er würde ihn bald fällen, an einem Samstagnachmittag. Detlef erstarrte!
Auf einem toten Ast lag das rote Katzentier! Es dämmerte schon, aber er konnte deutlich den schwarzen Fleck auf der Nase erkennen. Sie schaute ihn direkt aus wunderschönen grünen Augen an, die ihn an eine Liebschaft erinnerten, die schon länger zurücklag. In jener Zeit hatte er beschlossen, sein Leben selbst zu organisieren und hatte seitdem seine Ruhe. Er seufzte. „Du musst hungrig sein.", sagte er mehr zu sich als zu der Katze. „Bevor Du meine Vögel frisst, gebe ich

Dir lieber etwas." Nach dem Essen stellte er eine Schale mit verdünnter Milch und Haferflocken sowie einige Wurst- und Käsestückchen vor die Haustür. Die Katze erwartete ihn schon. Sie trug ein gepflegtes, seidiges Fell. Detlef streckte seine Hand aus und genoss einige Momente lang ihre weiche Geschmeidigkeit. Als sie gefressen hatte, strich sie ihm um die Waden. „So, und nun gehst Du am besten nach Hause!", versuchte Detlef ihr klarzumachen.

Bevor er um 20 Uhr den Fernseher einschaltete, rief er bei der Polizei an und beschrieb die Katze so genau wie möglich. Beim Tierschutzverein sprach er auf den Anrufbeantworter und im Tierheim ließ er das Telefon genau 17 mal klingeln. Zufrieden ging er wie gewohnt um 23 Uhr zu Bett. Ein leises Schnurren war vor dem Fenster zu hören. Zur gewohnten Zeit nahm Detlef am nächsten Nachmittag seinen Platz hinter dem Busfahrer ein. Er trug zwei gut gefüllte Einkaufstaschen bei sich, da sich diesmal unter den üblichen Nahrungsmitteln auch etwas für die Katze befand.

„Mir ist gestern eine Katze zugelaufen", begann er seinen täglichen Smalltalk. „Ich werde sie behalten, bis der Besitzer sich meldet. Ich habe ihr Herzen vom Schlachter gekauft." „Hast Du schon bekannt gegeben, dass Dir eine Katze zugelaufen ist? Polizei, Ordnungsamt, Tierschutzverein, Handzettel mit Foto, Internet?", war die Antwort. Der Busfahrer runzelte die Stirn. „Jaja, habe ich. Habe ich alles gemacht..." Detlef beeilte sich auszusteigen.

Erleichtert erblickte er die Katze auf dem Birnbaum. „Ich werde Dich Zora nennen. Du hast so etwas Verwegenes!" Detlef musste lächeln.

Am nächsten Tag, einem Samstag, widmete er sich dem Vorgarten. Nachdem er Rasen gemäht und Rosen geschnitten hatte, grüßte er die Nachbarin, die mit ihren beiden Kleinkindern zum Spaziergang aufbrach. „Guten Tag, schönes Wetter heute!" „Naja, soll aber noch Regen geben. Haben Sie sich eine Katze zugelegt?" Sie deutete zum Birnbaum. Schon sprang Zora von ihrem Stammplatz und ließ sich genussvoll von Freya und Finn streicheln. „Jaja, es ist meine Katze, sie ist mir zugelaufen. Sie heißt Zora und fängt keine Vögel, glaube ich. Ich werde wohl den Birnbaum noch nicht abholzen, vielleicht nächstes Jahr." „Naja, dann sind Sie ja nicht mehr so allein." Detlef blickte seiner alleinerziehenden Nachbarin noch lange nach. Ihm waren ihre tiefgründigen grünen Augen aufgefallen und die anmutigen Bewegungen sowie ihre weiche gelassene Stimme, wenn sie mit ihren Kindern sprach. Fröhlich pfeifend widmete er sich noch etwas seiner Gartenarbeit.

Der Regen ließ nicht lange auf sich warten. Stundenlang schüttete es vom Himmel, so dass die Straßen sich in reißende Bäche verwandelten. Detlef machte es sich abends mit Zora auf dem Sofa bequem und sah sich mit ihr einen Krimi an. Die Leckereien vom Schlachter hatten ihr sichtlich geschmeckt. Als es Schlafenszeit war, ließ sie sich auf seine Hose nieder, die zusammengefaltet auf einem Stuhl neben dem Bett lag. Wie eine Sphinx wachte Zora über seinen Schlaf.

Jeden Sonntag erwartete Detlefs Mutter ihn pünktlich zum Mittagessen. Statt des gewohnten Gesprächs über Wetter und Politik wartete Detlef diesmal mit einer Neuigkeit auf. „Mama, ich habe eine Katze! Sie hat rote Haare und grüne Augen wie Patricia, weißt Du noch? Und sie ist ganz zahm und sauber, sie geht raus, wenn sie muss."

Seine Mama stemmte die Fäuste in ihre wuchtigen Hüften: „Ich hör wohl nicht richtig! Du hast ein Haustier? Das geht nicht! Du hast eine Tierhaarallergie, wegen Dir konnten wir nicht einmal einen Hamster halten. Du hast doch gar keine Zeit für eine Katze. Wenn Du nicht allein sein willst, kannst Du ja bei mir wieder einziehen, das weißt Du doch! Und erinnere mich bitte nicht an Deine Patricia, diese jungen Dinger tun Dir nicht gut! Du hast doch mich!"

„Ja, Mama, ich weiß."

Früher als gewöhnlich verließ er das Haus, in dem er seine Kindheit verbracht hatte und eilte nach Hause. Vor dem

Eingang lag eine frisch getötete Feldmaus. Zora lag auf dem toten Ast im Birnbaum und ihr Fell leuchtete in der Nachmittagssonne. Detlef eilte ins Bad, entsorgte seine Cortisonpackung, warf das Foto seiner Mutter, welches diese ihm auf seinen Nachtisch gestellt hatte, in den Müll und schlenderte zu einem Kaffe-Besuch zum Nachbargrundstück. Es war ein interessanter Tag, fand er, als er spätabends zurückkehrte.

SIRIUS

Habt Ihr auch manchmal den Eindruck, Ihr gehört nicht auf diesen Planeten?

Habt Ihr auch manchmal das Gefühl, Ihr seid durch eine Art „Unfall" hierher gekommen?

Denkt Ihr auch manchmal, Euer eigentliches Da-Sein spielt sich ganz woanders ab?

Wollt Ihr mit mir nach einer Antwort suchen?

Kommt Ihr mit?

Zurück durch Zeit und Raum?

Zurück nach Atlantis… Lemuria…

…SIRIUS…

Insel des weißen Lichts ! Von Dir sind wir gestartet, um Dunkelheit in Licht zu wandeln, die Zweiheit in die Einheit zu geleiten… Atlantis brauchte uns…

Untrennbar, unteilbar, unlösbar standen wir vor Dir – und doch entstand das Bild, dass wir uns teilten, trennten, lösten...wer sind wir? Wer bin Ich?

Ein Sein – getrennt von Gott und doch darin – jede Trennung Illusion und doch real…

Willkommen auf der Erde, willkommen in der realen Illusion!

Der neue Weg, ein Gottesleben in den Staubwelten der Materie, begabt mit eigenem Willen, von der göttlichen Quelle ermächtigt, das noch Getrennte zu vereinen.

Muss ich denn also Mensch werden, um den Menschen zu helfen?

Muss ich wirklich fallen – ins Vergessen, ins Getrennt-sein, ins Nicht-wissen-wollen, in den eigenen Willen… und dabei den Willen des Einen vergessen?

Warum Ich, was ist Ich, wer bin Ich?

Sirius, in Deinem weißen Licht waren alle Farben vereint – auf der Erde, wo Licht und Dunkelheit erlebbar sind, können wir unseren Regenbogen er-fahren. Gefangen in der Dualität, Gefangen in der Freiheit „Ja" oder „Nein" zu sagen, entwickeln wir uns zu Menschen, um die Menschheit und Gaia auf den neuen Weg zu bringen, bis unsere Mutter Erde erstrahlt wie ein rot-violetter Diamant.

Die vielen Farbnuancen des Regenbogens geben viele neue Möglichkeiten, auch die des Zustandes

SCHWARZ – das absolute „Nein", das Verweigern, das Verharren im Nichts, im Stillstand, im Tod…

...Zeit spielt keine Rolle, es gibt keine Zeit…

...Licht hat die Eigenschaft zu wachsen, sich auszudehnen und den Regenbogen, der auch im schwarzen Licht verborgen ist, sichtbar werden zu lassen. Der schwarze Schleier hebt sich überall, wo einst Licht war…

Ich wachte auf aus der Dunkelheit und sah nach Äonen von unmessbarer Zeit – das Licht!

Licht schmerzt, Licht ist klar und rücksichtslos!

Hart für denjenigen, der die Liebe vergessen hat. Das Licht zeigt Dir Deine eigene Farben, alles, was Du verborgen hattest, als Du vergaßt, wer Du bist und woher Du kamst.

Du dachtest, Dir passiert das nicht, Du dachtest, Du bist nicht so wie die anderen, Du dachtest, Dir gelingt es besser, Du dachtest, Du vergisst nicht die Quelle, die Dich geschickt hat – und nun?

Die Schatten wichen vor mir zurück und ich erkannte, dass ich nicht besser oder schlechter oder anders war als die anderen Individuen. Erst im Wiedererinnern werde ich Mensch und nehme die Farben wahr, die sich in der Morgenröte der Neuen Zeit zeigen. Ich erkenne mich in den anderen Menschen und aus „Ich" wird „Wir", aus „Wir" wird die Einheit aller Lichtfunken, die Verschmelzung im Licht!

Wir sind auf dem Weg, den wir nie verlassen haben, wir können zurück zur göttlichen Quelle, die nie getrennt von uns war und nehmen unsere Farben, unsere Individualität, unser „Ich" mit zurück in die Einheit.

Wir brachten unser Licht in die Dunkelheit, indem wir Selbst zu Dunkelheit werden mussten!

Was uns aus den Schatten der Dualität gerettet hat, war unsere eigene Sehnsucht -

Sehnsucht nach Vollkommenheit, Sehnsucht nach vollkommenen Frieden, Sehnsucht nach vollkommener Liebe, Sehnsucht nach vollkommener Weisheit, Sehnsucht nach dem Selbst, Sehnsucht nach dem Ende von Zeit und Raum, Sehnsucht nach dem reinen, weißen Licht, Sehnsucht nach Zuhause, Sehnsucht zur Quelle…

Als Mensch in dieser Welt kann ich der Sehnsucht Ausdruck verleihen, Farben geben, sie in Töne setzen, sie in Bewegung zeigen, besingen, ausatmen, in Worte fassen…

Als das Wir entstehen neue Bewegungen, neue Projekte, neue Gesellschaften, neues Bewusstsein, neue Wahr-nehmungen der Liebe und des Friedens…und wir erinnern uns…

Ach, Sirius, Du blinkst mir jede
Nacht des dunklen Halbjahres zu,
aber ich verstehe Deine Sprache
nicht, ich habe sie vergessen...

Nachgedanken

Diese Kurzgeschichten entstanden bis 2008.
Nun haben wir 2022 und nach zweimaliger Überarbeitung 2018 und 2020 habe ich nun den Impuls verspürt, dieses Büchlein endlich zu veröffentlichen.
Einige Geschichten, besonders „Die Macht der Liebe" und „Sirius" weisen eine verblüffende Aktualität auf.

Der Bewusstseinssprung in die neue Wirklichkeit, in die 5. Dimension oder auf Erde 2 stehen unmittelbar bevor. Die kritische Masse ist erreicht, doch jetzt kommt es auf jeden Einzelnen an, an die Liebe zu glauben, sich zu erinnern, zu verbinden, gemeinsam die Schwingung zu erhöhen und ein Friedensbewusstsein zu erlangen.

Die Illusion der Trennung und die Macht der Angst zu überwinden war noch nie so einfach wie jetzt. Die Spalte-und-Herrsche-Spiele sind nun immer leichter durchschaubar und mehr und mehr Menschen öffnen ihre Herzen und heilen ihre Seelen vom jahrtausendealtem Trauma der Menschheit.

Und so rufen wir dem sterbendem System zu:
„WIR DREHEN UNS UM UND VERGESSEN EUCH!"

Und vor allem:

FREE HUGS !

Denn die Macht der Liebe ist die LIEBESMACHT des Universums.
Der SCHLÜSSEL für das Tor in die universelle Liebe heißt VERTRAUEN.
Wer das Ur-Teilen verlässt, kehrt ins Ur-Vertrauen zurück.

Die Menschheit wird solange gespalten sein, solange ein Großteil der Menschen in sich gespalten sind.
Angstbesetzte Gedankenmuster, Zweifel an den Visionen und Bildern der Seele sowie ein Abwehrverhalten gegenüber der Liebe zeigen die Traumata auf.
Die Seele möchte ihre abgespaltenen Anteile wieder integrieren. Das gilt für jeden individuellen Seelenfunken, das geschieht gerade auf der Ebene der Seelenpartner und darüber hinaus in der Weltenseele.
Die Macht der Liebe hat uns nie verlassen und das wird sie auch nicht. Liebe ist Heilung, Liebe führt in den Zustand der Freiheit, der Freude und des Friedens.

Wir sehen uns in 5D; im Garten des Friedens...

Eure Amelie Riedell

regenbogenzeder@gmail.com
www.geburtindieneuewelt.de